몇 겹의
마음

권덕행 산문집

pages of the soul

어쩐지,
온기

몸,
들에게

몇 겹의
마음

오늘은,
오늘에게

보통날의
인기척

어쩐지,
온기

목소리, 너의 고유한 언어

목소리

너의 고유한 언어

몸의 메시지

그것은

몸의 굴곡을 닮은

변주하는 몸이다

목소리가 좋다는 얘기를 들으면 기분이 약간 우쭐해진다.

내가 꼭 그렇다는 얘기가 아니라 내 목소리를 알아주는 이가 있다는 게 좋다는 얘기다. 나는 아나운서와 같이 차진 발음을 하는 것도 아니고, 부드럽고 자연스러우며 다정한 목소리를 지닌 것도 아니다. 차갑고 깐깐한 성격을 드러내는 도회적인 목소리도 아니고 그저 저음의 조금 굵은 머뭇거리는 목소리다. 내게 목소리가 좋다는 말은 어쩌면 이런 나의 머뭇거림과 나의 성정을 알아봐 준다는 것이니까. 목소리는 몸의 메시지이고 얼마쯤은 몸의 굴곡을 닮아 있다. 내가 살아온 날의 모든 굴곡이 나의 몸과 닮아 있는 것처럼.

예전에 지역 방송국 라디오 프로그램에서 책을 소

개해 주는 코너의 리포터로 2년 가까이 일한 적이 있
다. 당시 그 라디오 프로그램의 작가가 후배였는데,
그녀는 문득 내게 전화를 걸어 라디오 리포터를 해
주지 않겠냐고 했다. 그러면서 내게 이렇게 말을 건
네는 것이다.

　"선배, 목소리 좋잖아요."
　"내……가?"
　내가 그랬나……. 처음 듣는 말은 아니었지만, 처
음 듣는 말처럼 기이하게 들렸다.

　사실 나는 목소리가 특출하게 좋은 사람은 아니
다. 그것은 자명한 일이다. 그런데 "선배, 목소리 좋
잖아요"라는 말에는 단순히 '목에서 뿜어져 나오는
소리'를 말하는 게 아니라는 것을 직감했다. 내가 뿜
어내는 몸의 메시지를 말하는 거였다. 너의 분위기,

너의 말투, 너의 감성, 네가 바라보는 시선, 네가 하고자 하는 말, 이런 따위들 말이다. 그것이 몸에 체득되어 목소리로 뿜어져 나오는 그런 것들 말이다. 후배는 나의 그런 목소리를 말한 것이 분명하다. 목소리 좋은 사람은 나 말고도 많고 많으니까. 그리고 내가 성실히 이 일을 감당해낼 거라는 작가로서의 처절한 확신과 본능적인 몸부림에서 나온 말일 테니까. 그것을 알아보는 것도 작가의 일이니까.

목소리가 좋은 사람은 단순히 그 사람의 소리만을 말하는 게 아니다. 목소리는 그 사람이 삶을 얼마나 혹사시켰는지, 얼마나 쓸쓸했는지 간절히 자신의 마음을 내어놓는 통로이며, 침묵을 얼마나 매만지며 살았던 삶인지 자발적으로 자신을 들키기로 마음먹는 몸의 첫 번째 관문이기도 하다.

어떤 사람의 목소리를 들으면 왠지 그 사람을 알 것도 같은 순간이 있다. 모든 이들이 그렇지는 않겠지만 그 사람의 많은 것이 소리로 만들어져 바깥으로 표출될 때 목소리는 당신이 켜켜이 쌓인 지층 같은 순간이라는 것을.

라면의 형식

내가 처음으로 만든 요리는 '라면'이다. 물을 끓여 자박자박하게 부글대는 냄비라면 말이다. 시간이 없거나 허겁지겁 먹어야 할 때는 컵라면을, 천천히 끓는 물을 바라볼 수 있는 여유가 될 때는 냄비라면(이하 라면)이 적당하다.

면발에도 혈통이 있다면 컵라면과 라면은 그 특유의 꼬불꼬불한 형태를 지니고 있다는 점에서 영락없이 같은 뿌리이지만, 따지고 보면 꼭 그렇지만은 않다. 그 분위기와 결이 다르다. 라면에 뜨거운 물을 넣는 것과 뜨거운 물에 라면을 넣는 것이 어찌 같으랴. 그렇기 때문에 컵라면과 라면은 엄연히 '온도'가 다른 음식이다. 물을 대하는 방식이 전혀 다르기 때문이다.

컵라면과 라면은 공간을 대하는 방식도 다르다. '컵'과 '냄비'는 닫힌 공간과 열린 공간을 의미한다. 컵라면은 수프와 딱 떨어지는 물의 양만 존재할 뿐이다. 경계선 너머를 넘보지 않는다. 다짐처럼 뚜껑을 닫는다. 그것이 바로 컵라면의 윤리이다. 그렇게 실현된 윤리는 조금도 흐트러지지 않는 본연의 맛을 선사한다. 한 치의 오해도 없다. 그러나 컵라면과 달리 라면은 열린 공간인 냄비를 느낀다. 컵라면이 '물끄러미' 혹은 '우두커니' 같다면 라면은 '화르르' 절정을 다해 너덜너덜 끓어오른다.

누구나 라면을 향한 자신만의 서사가 있다. 파와 달걀, 다시마, 해물 따위를 넣어 뭔가 색다른 맛으로 위장할 수 있다. 취향에 따라 물은 깊게 혹은 얕게. 수위에 대해서는 수만 가지 설이 있다. 면은 전혀 다른 방식으로 비약적으로 쪼개거나 순하게 통으로 넣거나, 전투적으로 부스러기를 주워 먹거나. 이 모든 것은 면발이 생각나는 겹겹의 시간들을 위한 일이다.

아무리 주방에 드나들지 않고, 제 손으로 먹이를 구해보지 않은 이들이라도 라면 정도는 손수 끓여봄 직하다. 하루치의 양식으로도 손색없다. 게다가 워낙 라면을 둘러싼 저마다의 소신들이 한 치의 물러섬 없이 무수히 존재하니까 부담도 경계도 없는 음식이다. 백 사람이 끓인다 치면 백 사람분의 기호가 존재하는 음식이 라면이다. 간혹 부담스러운 변주도 있지만 말이다.

  쓸데없이 라면을 많이 먹는 일로 때때로 자책을
하게 되기도 하지만 늦은 밤, 누군가의 취기와 외로
움과 처절한 허기 앞에 라면에 빚지지 않는 인생이
있을까. 허기를 달래거나 어떤 상실감 앞에서 라면
을 먹는 행위는 일종의 의식과도 같다. 라면처럼 삶
의 밀도가 높은 음식은 드물다. 한 가닥 한 가닥이 뜨
거운 속내다.

나는 '좋아하다'는 말을 좋아한다

나는 말하지 않는 마음의 상태를 좋아한다. 나만
알고 있는 것, 나만 품고 있는 것 말이다. 그것은 초
라한 나를 몰래 다독이기도 하고 외로움을 덜어주기
도 했다. 사람들 사이에 있는 것이 이국에 있는 것처
럼 낯설고 위태로울 때 숨어 지낼 수 있는 방공호 같
은 것이다. 그래서 발화하지 않는 편이 좋은 것들 말
이다.

혹은 나를 그토록 판단하기 쉬운 것들에 대해서도

말하지 않는다. 사소하지만 확고한 취향에 대해, 뒤늦게 불붙은 드라마에 대해, 무모하고 파리한 자본주의적 쓰기에 대해, 의연한 슬픔에 대해, 단답형으로 말하는 마음에 대해 그저 나만 알고 있는 편이다.

그리하여 나만의 안정감을 찾는 것, 불안하고 불편한 의문과 질문에 부딪히지 않는 것, 미리 차단해버리는 것, 아무것도 궁금해하지 않을 평범해 보이는 것으로 위장하는 것, 무난해 보이는 것, 순해 보이는 것들을 선호하기도 한다. 그래서 겁쟁이라는 소리를 듣는다. 내가 나에게 말이다. 그래도 괜찮다. 겁을 먹고 있다는 것을 들키지 않는 것만으로도 때론 위로가 된다.

나는 쉬이 뜨거워지는 타입은 아니다.
흠뻑 빠져들거나 미친 듯이 열광하거나 죽도록 사

랑하는 일을 되도록이면 하지 않는다. 더 정확히 말
하면 하지 않는 것이 아니라 그런 넘치게 아픈 마음
은 자기 검열을 하거나 삼켜 버린다.

그런 의미로 나는 '좋아하다'는 말의 온화함을 좋
아하는 편이다. 그것은 뜨겁지도 차갑지도 않으며
상대의 반응을 꼭 기대하지 않아도 된다. 그저 내 마
음이 그렇다는 것이다. 열광이나 열정 같은 말에는
없는 산뜻한 기운이 있다. '좋아하다'는 말에는 꼭 내
가 아니어도 되고 흔적이나 이력을 남기지 않아도
된다. 조금 가벼워도 죄책감이 들지 않는 마음 상
태이다.

글에서는 제법 나를 드러내는 일에 대범하지만 일
상을 살아가거나 말을 할 때 나는 자주 멈칫거린다.
그런 의미에서 '좋아하다'는 말과 나는 얼마쯤 닮아

있다. 확신에 찬 말은 조금 더디게 하고 정곡과 가까운 말은 말이 아니라 글로 전달하며 까다로움을 들키기 전에 우스갯소리로 무마하기도 한다. '좋아하다'는 말은 그런 것이다. 끓어 넘치는 것 말고, 내력이나 맥락 같은 강박적으로 설명해야만 하는 그런 것 말고.

나는 그저 '좋아하다'는 말의 그 온순한 윤곽이 좋다.

글썽글썽한 맛

어릴 적 엄마는 입맛이 없을 때 찬밥에 물을 말아 김치와 먹거나 누룽지를 끓여 반찬 없이 그렇게 속을 채웠다. 냉장고에 마른 멸치볶음이나 진미채 간장 볶음 같은 밑반찬이 있어도 물기 없고 딱딱한 것이 그리 맛있게 느껴지지 않았을 터.

올여름 이 긴긴 여름의 날들을 정말이지 죽을힘을 다해 밥을 지었다. 나를 견디는 힘은 도대체 어디에서 오는가. 아무래도 먹잇감을 찾는 일일 것이다. 인

류는 오랫동안 먹이를 위해 일해왔다. 그러므로 레
시피를 향한 거친 에너지가 필요하다.

　더위가 한창일 때, 매콤하면서도 부드러운 맛이
당길 때 진미채 무침을 만들어 먹었다. 몸이 더워 입
맛이 없으니 매콤하면서도 물기 있는 음식들이 당겼
다. 그럴 때 진미채와 쪽파를 사 와서 스테인리스 양
푼에 진미채를 두 손 가득 무친다. 보통은 진미채를
프라이팬에 조리거나 볶음으로 만들어 먹는데, 나는
양파와 쪽파 그리고 마늘을 넉넉히 넣어 나물처럼 무
쳐서 먹는 진미채를 좋아한다. 이것은 여름철 입맛
을 부르는 반찬으로도 충분하다. 이거 하나로도 허
기가 들끓어 오른다.

　진미채 무침은 고추장, 고춧가루, 마늘, 청양고추
를 넣어 알싸하고 매콤하다. 그리고 양파와 쪽파 같

은 야채를 양껏 넣어 거기서 나오는 수분으로 인해 볶음과는 달리 딱딱하거나 질기지 않고 물기를 머금은 부드러우면서도 달달한 맛이 난다.

나는 마른반찬을 별로 좋아하지 않는다. 뻣뻣한 맛이 싫기 때문이다. 그런데 이렇게 진미채 무침을 하면 마치 나물을 무치듯 정말 물기 있는 촉촉하고 부드러운 식감의 반찬이 된다. 나물도 아니고 고기도 아니면서도 입맛을 빼앗는 그런 쫄깃하고 입안을 부드럽게 감싸는 맛이다.

어른이 되면서 나는 물기 있는 것들에 마음이 자주 흔들렸다. 얼큰한 국물이나 찌개, 한 입 베어 물면 특유의 물기가 씹히는 나물류와 같이 슬픔을 해 먹는 것처럼, 그렇게 물기 있는 것들은 슬픔과 닿아있고 그런 것들을 먹을 때마다 마음이 그렁그렁해지는 것이다. 괜스레 훌쩍이며 먹게 되는 그런 것들 말이다.

진미채 무침은 엄마에게 배웠다. 한입 가득 넣으면 매콤하게 퍼지는 물기. 예전에 엄마가 그랬던 것처럼 나도 그렇게 밥을 하고 엄마의 입맛을 데려오고 있는 중이다.

마른 저수지 같은 엄마의 삶에 유일한 물기란, 밥을 하는 일일 것이다.* 밥물이 끓어 넘치는 냄비 밥이나 오랜 울음처럼 그렇게 끓어오르던 된장찌개, 소고기 뭇국, 닭개장, 냉잇국, 시래깃국 그리고 매콤하고 알싸한 물기를 품은 무침들을 무던히도 내놓던 일말이다. 아직 내 몸 어딘가에 흐르고 있는 물기들, 그글썽글썽한 맛을 나는 좀처럼 잊기 힘들다.

* 권덕행, 『사라지는 윤곽들』 중 「닭개장」

살아있음에 대해
울컥울컥 토해낸 날들

이번 여름 뜨거운 커피를 많이도 마셨다.

에어컨이 24시간 돌아가는 카페에서도, 노른 내나도록 타오르던 한낮 길거리에서도, 노트북 앞에서도, 여러 편의 시를 앞에 두고도, 잠자기 바로 직전에도 뜨거운 물이 끓어오르는 것이었다. 마치 견디기 위해 열광하는 것처럼 뜨거운 커피를 마시고 또 마셨다.

나는 한여름에도 좀처럼 아이스커피를 찾는 일이

없다. 한낮의 광기를 피해 카페에 들어가서 헉헉대는 가슴을 부여잡고도 역시 뜨거운 커피를 마셨다. 지인들은 뜨악하며, "아이스커피 아니고?" 했다. 이번 여름만 해도 나는 이 소리를 도대체 몇 번이나 듣냐며 커피는 언제나 뜨겁게 마시는 것이 좋다고 말했다. 다른 음료들은 차가운 것도 잘 마시지만 커피만은 차가운 것이 목으로 잘 넘어가질 않는다. 뜨거운 것을 마시며 몸을 예열시킨다. 쓰기 위해.

이번 여름 많은 글을 읽고 또 많은 글을 쏟아냈다. 그러기 위해서는 단순하게 살았고, 불필요한 많은 일들을 쳐내고 살았다. 자음과 모음이 낯설게 충돌하여 만들어낸 문장 하나하나는 오랫동안 하지 못한 말이기도 했고, 하고 싶었던 말이기도 했고, 내내 아껴둔 말이기도 했다. 넘치는 문장들 속에서 나는 어떻게 이 긴 시간 동안 침묵하고 살았을까. 쉬이 잠들지 못하고 오래 흔들리면서도 말이다. 어쩌면 내 욕망의 지점을 알기 위해서는 얼마쯤의 후회가 필요한 법이다. 정말 얼마나 오랜만에 순수하게 글에만 매달리고 지냈는지. 이번 여름 뜨거운 커피는 나의 쓸쓸함에 기름칠을 해 주었다. 더 아름답게 더 범람하게 더 나답게 글을 쓰기 위해 나는 뜨거운 커피를 마시고 또 마셨다. 나는 이렇게 쓸데없이 지나치게 집중하며 한 편 한 편의 글을 지어냈다. 때론 희망에 속아가며, 때론 거짓말처럼, 때론 아름답게, 때론 남루하게.

내 옆을 바람을 일으키며 지나가는 누군가를 목도하는 일로 세상과 오래 불화했고, 뱉어내지 못한 채 입속을 가득 채운 말들 때문에 오래 불안했다. 그것은 마치, 살아있음에 대해 울컥울컥 토해낸 날들 같았다. 그런 시간들 속에서 쓰는 일은, 하루하루를 영원처럼 길고 무던하게 버티게 해주었다. 어떤 순간에는 갓 시작한 연애처럼 모든 감각이 낯설게 튀어올랐고 천박하게 간곡해지기도 했다. 쓰는 일은 내게 그랬다.

다시 가을이다.

머리가 말갛게 되도록 찬 바람이 불면 떠밀려서라도 산책을 갈 것이며, 도토리와 밤을 줍듯 쓸 만한 단어들을 만지작거리는 날들이 될 것이다.

겨울의 맛, 어묵 꼬치

겨울이면 생각나는 음식이 몇 가지 있다. 누군가
는 붕어빵, 누군가는 군고구마, 또 누군가는 생강차,
호빵 등등 말이다. 나는 어묵 꼬치가 생각난다. 버스
정류장 앞을 지나가거나 동네 어귀에 있는 포장마차
에서 추위를 피하며 먹는 꼬부랑 어묵 꼬치와 뜨거
운 국물 말이다.

사실 나는 지나치며 본 게 대부분이다. 직접 들어
가서 먹어 본 적은 많이 없었던 것 같다. 왜 그랬는

지 모르겠지만 평범한 길거리 음식이었는데도 불구하고 대부분 멀찌감치 서서 어묵 꼬치를 바라보거나 뜨거운 것을 한 입씩 베어 먹는 이들을 보고 있을 뿐이었다. 먹고 남은 꼬치들을 하나하나씩 들어 올리는 이들을 참을성 있게 바라본다. 아름답지 않아도, 기꺼이 나는 유년이 된다.

언젠가 먹었던 어묵 꼬치는 터럭 한 올조차 외로웠던 마음을 뜨끈하게 채워주었다. 순하게 부풀어 오르며 부들부들하고 쫀득한 맛을 내던, 부드럽게 윤곽이 무너지며 입안으로 파고드는 뜨거운 맛. 그래, 이거지.

나무 꼬치 수를 눈으로 헤아리며 혼자서 어묵 꼬치를 먹는 사람들을 본다.

그럼, 혼자서도 뜨거울 일이다.

뒷모습

나는 어릴 적부터 글씨를 잘 쓴다는 애길 많이 들었다. 그래서 학교에서는 회의 기록이나 칠판 글씨도 선생님께서 나에게 맡기신 일이 많았다. 그뿐 아니라 친구들도 대필이나 특별한 날의 글씨 정도는 나에게 부탁하기도 했다. 글씨체도 다양했다. 붓글씨체도 있고 작고 둥근 모양의 귀염성 있는 글씨체도 가지고 있고 만년필로 쓴 것처럼 흐드러지게 날려 쓰는 글씨도 곧잘 썼다. 편지도 많이 써댔다. 대자보도 열심히 썼다. 다이어리도 많이 꾸몄다.

그리고 손글씨로 시도 많이 옮겨 적었더랬다. 만나고 있던 사람에게 꾸역꾸역 시를 써서 주기도 했다. 지금 생각해보면 그는 내가 적은 시를 좋아했던 게 아니라 그저 나의 흔적을 가지고 있었던 거다.

그랬던 내가 지금은 하루에 한 글 자도 손으로 쓰지 않는다. 여전히 글은 쓰고 있지만 글씨 쓰기는 하지 않는다는 말이다. 키보드 위를 오르락내리락하며 같은 모양의 글씨를 그저 찍어내고 있다. 그러다 보니 손이 굳었다. 글씨를 쓰려고 하면 가운뎃손가락 끝이 묵직하게 아파오고 이상하게 서툴다. 글씨를 처음 연습하듯 후들거릴 때도 있다. 남들은 좋아하는 작가의 글을 자주 필사한다고 하던데 최근의 나는 별로 그래 본 적이 없다. 그 글 그대로를 기억하기보다는 읽고 부디 잊어버리기를 택한다. 단지 그 글의 분위기와 느낌만 기억하려고 한다. 비겁한 변명 같으니라고.

　얼마 전에 지인에게 짧은 메모를 남겼다. 손글씨로. 그날의 내 기분이 오롯이 잘 전달되기를 바라며. 글씨를 쓰지 않기 시작하면서 속엣말을 꺼내지 않고 사는 날이 많다는 생각이 들었다. 글씨를 쓰면 날것 그대로의 감정에 사로잡힐 때가 많다. 필터를 거치지 않은 말의 몸통 같은 것, 그 시절의 선명한 목소리 같은 것, 되돌릴 수 없는 마음 같은 것, 글씨는 그런 것인데. 지우지 않고 흘려보내는 후회 같은 것인데. 어느새 손이 굳어버렸다. 어느 작가의 말처럼 몸의 최전방인 손가락으로 마우스나 자판만 만지작거리고 있었다. 글을 쓰는 일이 손가락으로 생각을 밀어 넣는 일이라면 글씨는 손끝에서 사라지고 없는 얼굴 같다. 순간의 표정이 영원히 박제되는 것, 그래서 쓸 때마다 과거가 되는 것. 그게 글씨의 얼굴 아닐까.

　오랜만에 꺼내 본 일기장에서 가만히 엎드려있는 익숙한 글씨들을 본다. 이제는 잘 기억나지 않는 누군가의 뒷모습 같다.

우리하다

몸의 일부가 몹시 아리고 욱신거리는 느낌, 맞은 곳이 울리듯이 아픈 느낌을 경상도에서는 '우리하다'라고 표현한다. '아리다, 욱신거리다, 울리다'와 같은 간지럽고 풋내 나는 표현으로는 도저히 그 통증을 대체할 수 없다.

'우리하다'라는 말을 경상도 사투리로 직접 듣지 않는다면 이 말의 어감을 제대로 느끼긴 어려울 것이다. 정확히 말하자면 '우리—하다' 정도 되시겠다. 한

참 뜻을 들여야 하는 단어다. 그 말과 동시에 내뱉는 탄식이야말로 통증을 배가시킨다. 정말이지 '우리하다'는 '우리하다'라고 밖에 설명할 수가 없다.

참 이상한 말이다.

'우리하다'라고 말하는 순간 통증이 달아나는 것 같다. 꽤 주술적인 말이다. 많이 아팠으므로 짐짓 떠나보낼 수 있는 통증의 단어다.

엄마와 통화하는 날엔 어쩌자고 '우리하다'는 말이 떠오르는 것일까. '우리하다'는 말의 아물지 않는 끝을 오래 씹어본다. 입 안이 비리다.

프랑스적인 삶

저녁에 프랑스에서 날아온 카톡, 고등학교 친구 K.

졸업을 하고 드문드문 소식을 전하다가 가족 모두 외국으로 갔다는 얘길 언뜻 들었는데, 이후에는 소식을 알 수 없었다. 멀어진 채로 반쯤 지워진 얼굴처럼 오래 놓치고 살았다. 나는 이곳에서 K는 그곳에서 얼마쯤 낯선 사람이 되어가고 있을 때, 마치 어떤 이끌림처럼 멈춰서 뒤를 돌아봤을까. 그런 마음이었을까.

　속엣말을 잘 하지 않는 편이라 너를 잘 모르겠어, 하고 나에게서 멀어진 사람들이 있었다. 어쩌면 K도 그중 하나라고 여기며 살았는지도 모른다. 그런데 여덟 시간의 시차가 무색하게 너와 나는 낮과 밤의 입구에서 피식 웃었다.

　네가 힘이 든다는 걸 잘 내색하지 않으니 나는 네가 보여주고 싶어 하는 모습에만 반응할 수밖에 없었지, 라고 K가 말했다.
　흐린 날이 많아서 좋은 사람 앞에서도 환하게 웃질 못했다고 말하려다, 미안하다고 썼다.
　용케도 내가 기억하지 못했던 나의 맑은 날들도 K는 어제 일처럼 추억하고 있었다.

문득 깨닫는다.

그 시간들을 다시 살고 싶은 생각.

처음부터 그럴걸, 우회하지 않고 다 말할걸, 흔들릴걸, 네 앞에서 캄캄해질걸, 그래도 되는데.

다른 시간 속에서 오래된 이름을 불러내는 일, 뜨거운 것을 삼킨 듯 K는 꽤 프랑스와 닮아 있다는 생각이 들었다.

나는 그녀의 프랑스적인 삶에 대해 묻고 또 물을 것이다.

갯솜동물 같은 시절

갯솜동물은 뼈가 없는 동물 중 가장 원시적인 동물이지요.

눈이나 귀 같은 감각 기관은 아예 없구요, 신경도 없어서 아픔을 느끼지 못해요.

팔과 다리도 없어서 스스로 움직이지 못하고 바위 같은 물체에 붙어서 살아간대요.

저에게도 갯솜동물 같은 시절이 있었어요.

아이는 예뻤지만, 육아는 정말 힘들었거든요.

한 생을 주고도 내가 얻은 것은 그저 소멸하는 것뿐이구나, 하는 생각도 간혹 들었구요.

사적으로 시간을 보낼 수는 없었어요.

완전히 다른 방식으로 조용히 익명이 되어가는 시간 속에서 감각 기관 따윈, 신경 따윈 없었던 시절.

저에게도 갯솜동물 같은 시절이 있었어요.

그 캄캄한 시간을 함께 보내준 사람들과 몇 주 전 말갛고 말캉한 시간을 보냈어요.

이제 전쟁 같은 언어를 구사하지 않아요.

다만 아이스크림을 먹으면서도 어린 짐승들 얘기를 하네요.

아직도 허기진 것처럼.

어린 짐승 같은 것들은 딱 한 철 나를 사랑하고는 돌아보지 않는데!

원래 사랑은 점점 야위어 가니까요.

우리는 언제쯤 비슷한 사랑을 할 수 있을까요.

나를 불러 세운 시간들을 문득 돌아보니, 결국 어린 짐승 같은 것들이 나를 지탱해주었네요.

말을 배우는 시간

　외국인 학생과 한국어 수업을 하는데 '후안 씨를 보고 첫눈에 반하다'라는 문장이 나왔다. 우리에게는 흔한 문장이었는데, '반하다'라는 뜻에 대해 물어왔다. 이 단어의 뜻에 대해 단 한 번도 생각해 본 적이 없다. 왜냐하면 모국어는 생각하는 것이 아니라 그냥 알아차리는 거니까. 의미에 대해 연연하지 않아도 의미를 구사할 수 있으니까 말이다.

　'반하다'라는 뜻의 사전적 의미는 '어떤 사람이나

사물 따위에 마음이 홀린 것같이 쏠리다'라는 뜻이다. 사전적 의미를 보고 나니 이 단어가 문득 생경하게 다가왔다. 모국어는 머리보다 마음이 먼저 움직이는 언어이니까. '반하다'라는 말을 떠올리기 전에 반해버리니까 말이다.

그렇지만 외국인들에게 이 단어는 의미를 꼭 되짚어야 하는 말이다. 입으로 꼭꼭 씹어 머리에 넣어야 하는 말이다. '반하다'라는 말을 알아야 반할 수 있으니까.

문득 안다고 생각했던 말들에 대해, 습관적으로 내뱉은 말들에 대해, 소홀히 대했던 문장들에 대해, 쉬어야 할 곳과 마쳐야 할 곳에 대해, 듣고 잊어버린 말들에 대해, 자주 오해했던 말들에 대해 다시 생각해 본다.

지금 말을 배우는 이들, 즉 모래같이 무수한 말
을 퍼 올리는 이들에게 모든 말들의 처음은 적막이
지 않았을까.

몸,
들에게

못생긴 당신

내가 알고 있던 남자 중에 되게, 되게 되게, 못생긴 친구가 있었어요.

정말이지 되게 못생겼어요.

눈은 작고 가늘고 코는 납작하고 낮고, 피부는 거무스름하고, 키는 작고, 몸집은 내가 처음 본 순간부터 못 본 지 한참 된 지금까지 한 번도 날렵해 본 적이 없고, 집은 가난하며, 홀아버지에, 독자에, 온갖

사연이 사납게 달라붙어 있는 별로 갖고 싶은 남자
는 아니었어요.

그렇지만 그 모든 이유들을 넘어서 그 애는 그냥
되게, 되게 못생겼어요. 그게 그 애를 설명할 수 있는
유일하고 정확한, 부연 설명이 필요 없는 말이지요.

그런데 말이에요.
그 애 옆에는 늘 예쁜 여자애들이 있었어요.

못생긴 건 그 애의 무기였어요.
못생겨서, 아무도 그 애를 갖고 싶어 하질 않았어
요. 그렇지만 그 애 옆에는 농담처럼 예쁜 여자애들
이 매달려 있었어요. 정말이지 안심하고 다가갔다가
거미줄을 못 벗어난 벌레처럼 천천히 그 애에게 빠져
드는 교만한 예쁜 것들 말이죠. 예쁜 것들은 사실 사

연이 많아요. 예쁜 것들을 구성하는 요소는 항상 위태하고 흥미진진하잖아요.

그 애는 많은 여자 친구들과 매번 색다른 연애를 했어요. 그 애는 모든 이에게 대체로 진심이었어요. 진심이 아닐 리가 없잖아요. 못생겼으니까 다른 기술을 쓰진 않아요. 누구도 그 사실을 의심하지 않았어요. 그 애의 얼굴을 들여다보면 묘하게 알아채지는 게 있어요. 진심을 다하는 얼굴이구나, 하구요.

여자애들은 힘든 일이 있거나 울고 싶을 때 그 애에게 갔어요. 못생겼지만 불편하지는 않거든요. 한 번이라도 그 애에게 위로받고 간 여자애들은 그 진심을 잘 잊지 못해요. 그래서 한 번 더, 다시 한 번 더 그 애를 만나게 되지요. 예쁜 여자애들에게는 사실 있을 수 없는 일이었죠. 내가 이 못생긴 애에게 위로를 받다니…… 하는 마음으로 갔지만 결국엔 그 끝은 집착으로 남기도 했어요.

　이상하게 가끔 뭔가 주절주절 떠들고 싶을 때 불현듯 그 애가 생각나요. 다소 곤란했던 마음도 그 애를 만나면 어느새 헤아려져요. 저도 딱 한 번 그 애의 호의에 넘어갈 뻔했지만 다행히 우리는 서로서로의 생리를 잘 알고 있던 터라 번뜩 정신이 돌아오곤 했지요.

　슬픔이 많은 사람의 얼굴은 전형적으로 뾰족하거나 일그러져있기도 해요. 고단하고 습한 내력들이 얼굴에 묻어 있거든요.

　사실 나중에 알았어요.
　그 애는 못생긴 게 아니라 슬프게 생긴 거라는 걸

요.

설명할 수 없는 눈시울을 가졌다는 걸요.

그래서 가끔 그 애가 떠올라요.

내가 무슨 얘기를 하면 얼른 귀를 빌려줄 것 같은,

범람하는 마음을 토닥여 줄 것 같은.

윤이

시간이 흘러 우리도 어른이 되었다

맹물같이 밍밍하고 심심했던 우리는

특별한 날의 메모 정도가 아니면

이제는 예전같이 편지하지 않는다

어른이 되면서 우리는 가장 먼저 손이 굳어버렸다

별일 없지, 라고 묻는 전화 통화처럼

어쩌면 우리는 정말 별일이 있어야만

서로를 더 그리워하게 될지도 모르겠다

사나흘이 걸려 아득한 마음을 실어 나르던

마음의 바깥 같은 말간 봉투의 추억이

오늘은 그립다

윤이는 어릴 적 친구였다.

언제부터 친구였는지 잘 기억이 나질 않는다. 나에게 윤이는 늘 수줍고 평범했다. 친했지만 왜 친해졌는지도 모를 정도로 윤이는 그렇게 내내 옆에 있었다. 윤이가 고등학교 때 다른 지방으로 가면서 우리는 헤어졌다. 그리고 꽤 오랫동안 편지를 썼다. 멀어질 때까지 말이다. 시간은 많은 이들을 멀어지게 한 것처럼 특별할 것 같았던 우리 사이도 멀어지게 했다. 윤이와 멀어지는 동안 나는 대학을 다니고, 아르바이트를 하고, 직장을 다니고, 연애를 하고, 결혼을 하고, 아이를 낳으면서 내 삶의 테두리는 점점 더 견고해져 갔다. 그런 짬짬이 윤이를 가끔 만났지만 윤이는 늘 거기에 그대로 서 있는 사람 같았다.

　며칠 전 윤이와 통화를 했다. 몇 년 만이었다. 문
득 그리워서. 윤이는 여태 그대로였다. 누구를 만나
지도, 가족을 이루지도, 사는 일에 대해 특별한 소음
을 내지도 않았다. 윤이는 단 한 번도 스마트폰을 사
용하지 않았다. 내가 때마다 최신 핸드폰으로 바꿀
때에도 윤이는 과거로 회귀하는 것 같았다.

　가끔 누군가의 소식이 궁금할 때 그렇다고 연락
을 하긴 좀 그럴 때 카톡 프로필을 보면 그 사람의
기분이나 상태를 염탐할 수 있는 풍경들이 많다. 그
사람의 기분이 어떤지, 어떻게 사는지, 가족 구성원
은 어찌 되는지, 직장은 그대로 다니는지, 취미는 뭔
지, 여행은 많이 하는지, 국내파인지 해외파인지, 남
편의 벌이가 좋은지, 소비 패턴이 어떤지, 뭘 해 먹는지, 외식은 자주 하는지, 애들은 상장을 많이 받아오는지, 헤어와 네일까지 세세하게 알 수 있다. 스스로를 내어놓는 일에 익숙한 이들은 그보다 더한 것들도 프로필로 걸어 둔다. 그래서 나는 그들을 알면서도 모르고 모르면서도 제법 안다.

그런데 여태 2G 폰을 쓰고 SNS를 전혀 하지 않는 윤이에 대해선 알 수가 없다. 윤이를 읽어낼 만한 그 어떤 삶의 맥락도 없다. 윤이가 어느 날 갑자기 사라진다고 해도 나는 그 애를 찾지 못할 것 같다. 윤이는 그 어떤 마음도 남기지 않을 거니까.

돌아보면 나는 윤이를 잘 모른다.
윤이의 무심함에 대해서도, 욕망에 대해서도 잘 모른다. 가장 아픈 곳이 어디인지, 왜 여태 혼자인지, 유물 같은 내부를 알아챌 수가 없다.

나는 윤이에게 어떤 종류의 인기척이었을까.

첫째와 둘째

모든 둘째들이 그러한 것은 아니겠지만 많은 둘째 들을 보면, 태어난 순서가 성격에 어느 정도의 영향 을 미친 것은 아닐까 생각해 볼 때가 간혹 있다. 특히 우리나라 가족의 구조나 서열의 입장에서 보면 더더 욱 그렇게 이해할 수 있는 부분이기도 하다.

우리 집 아이들도 예외가 아니다.

보름달처럼 충만한 사랑을 받았던 첫째는 조금만 모자라도 그 틈을 참을 수 없어 한다. 스스로 뭔가를 하기보다는 부모에 의해 훈련되고 지켜진 아이라는 느낌이 사뭇 강하다. 그래서 얼마쯤의 기대감을 받음에도 불구하고 성격적으로 노련하지는 못한면이 많다.

반면 초승달과 같이 손톱만큼의 사랑을 줘도 모든 것을 받은 듯 흐뭇해하는 아이, 내가 아는 많은 둘째들의 이야기이고, 둘째들의 숙명이기도 하다. 둘째들은 그런 숙명 속에서 어느덧 내면이 꽤 단단한 이들이 된다. 처음부터 여백을 가지고 태어났기 때문에 채워지지 않는 자신의 바깥이 있다는 것을 아는 이들이다. 바깥을 경험한 이들은 내면을 다스릴 줄도 알고 전체와 부분을, 겉과 속을, 안과 밖을 견주어볼 줄 안다(물론 개인의 차이가 분명 존재하지만 내가 느낀 둘째들은 다소 그런 성향을 가지고 있었다. 이것은 능력과는 다른 문제이고, 또 여러 환경에 의해 달라지기도 한다).

　부모도 마찬가지다.

　첫째와 둘째가 주는 세상은 사뭇 다르다. 세상의
모든 첫째는 부모에게 처음과 시작이 되고, 전전긍긍
을 경험하게 하고, 무한한 과정 속에 던져지게 하고,
오류를 자주 저지르게 하고, 오독하는 일을 반복하게
하며, 절정의 순간을 맞이하게도 한다.

　반면 부모는 둘째를 통해서 가장 적절한 속도를
배우고, 멈추는 일을 연습하고, 탐색을 끝마친 자의
여유로움이 무엇인지 알게 되고, 내려놓는 것도 사
랑이라는 것을 깨닫게 되고, 이렇게도 삶은 계속된
다는 것을 배운다.

　내가 아는 약간의 둘째들을 생각하면 그들이 둘

째라서 가진 서운함 중의 하나는 왠지 '밀린다'는 느
낌일 것이다. 죽었다 깨어나도 '첫'이 될 수 없는 그
런 것 말이다.

그러나 나의 둘째,

나의 두 번째 첫.

너는 첫 것을 부정하는 방식으로 너의 삶을 끊임
없이 달래고 넘어서리라.

나는 너의 대책 없음을 사랑해.

말하고 또 말하는 너를 사랑해.

그런 너의 뿌루퉁한 뒤통수를 엄마는 오래오래 쓰
다듬어 줄 거야.

남편은 오빠의 고등학교 친구였다

남편은 오빠의 고등학교 친구였다.

여동생과 오빠 친구의 조합에 꽤 많은 사람들이 호기심을 보이지만 나에게는 오래, 가끔 보아왔던 오빠 친구에 불과했다. 그리고 관심이 없었다고 말하는 것이 맞다. 내가 중2, 남편이 고2 때 처음으로 봤으니 우리의 인연은 꽤 오래 거슬러 올라간다. 그리고 이제껏 유지되고 있으니 인생의 아주 많은 시간을 함께했다고도 말할 수 있다.

고등학생인 오빠의 친구들은 틈만 나면 집으로 놀러 왔다. 키 큰 오빠, 키 작은 오빠, 잘생긴 오빠, 말 없는 오빠, 말 거는 오빠, 장난치는 오빠, 리더십 있게 치근대는 오빠, 마냥 해맑은 오빠, 노래 잘하는 오빠, 기타 잘 치는 오빠, 피부가 하얀 오빠 등등, 우리 집을 거쳐 간 많은 오빠들 중 남편의 지분은 극히 미약했다. 나에게 커다란 강아지 인형을 선물하기 전까지는 그의 존재를 제대로 눈치 못 챘으니까 말이다.

나는 수줍음이 많은 성격이라 오빠들이 몰려오면 쏜살같이 방에 들어가 숨어 있기 일쑤였는데 그런 와중에도 방까지 찾아와 끊임없이 지분거리고 장난을 치고 가는 오빠들도 많았다. 이상하게 그땐 이유 없이 많이 수줍었고 아주 조금 웃었고 별로 말이 없었으며, 사실 남자에게 큰 관심이 없었다. 다시 말해 친

구 여동생으로서 충분히 끼를 발산하며 그들의 요구
나 로망을 충족시켜 주지 못했다 나는. 어떤 이의 말
에 따르면 말이다.

　친구들은 그런 나를 부러워했다. 본인들이 좋아하
는 오빠들이 우리 집으로 놀러 오기 때문이다. 이 오
빠들은 내가 다니는 독서실에서도 마치 군락을 이루
며 공부 비슷한 것들을 했다. 우리 오빠는 발이 넓었
고 친구가 많았고 친구를 끌고 다니는 습성이 있었
으며, 친구들의 집과 학교와 교회 근처의 중심에 우
리 집이 있었기 때문에 오빠가 다니는 곳은 곧 오빠
의 친구들이 몰려오는 곳이 되곤 했다. 그래서 내 학
창 시절엔 오빠와 오빠 친구들에 대한 기억이 많다.
그들은 짓궂었고, 떼를 지어 몰려다녔고, 농구를 했
고, 노래를 불렀고, 우리 집 냉장고를 제집처럼 열
었고, 오빠의 침대에 쓰러져 자고 있었고, 장난처럼

내 방문을 수십 번 열고 닫기도 했다. 오빠들이 다 녔던 모든 동선에는 그렇게 추억들이 고스란히 묻 어 있었다.

　남편과의 인연은 그쯤에서 끝난 줄 알았다. 커다 란 강아지 인형의 솜이 다 튀어나올 때까지 기대고 발로 차며 버려질 때쯤 나도 남편에 대한 기억을 잊 었다. 그런데 스물한 살 여름에, 가끔 연락하던 오빠 친구에게 갑자기 전화가 왔다. 지금의 남편과 같이 있다고. 그때 커다란 강아지 인형을 준 그 오빠 말 이다. 아마 그때 만나러 나가지 않았다면 나는 남편 과 이어지지 못했을 것이다. 대학에 들어가면서 나 는 스무 살 전의 나와 스무 살 이후의 나로 나뉠 만 큼 모든 면에서 달라졌다. 그랬기 때문에 별생각 없 이 그를 만나러 갔다. 그냥 집 앞 슈퍼에 가듯 그에 게 갔다. 그런 마음이 아니었다면 나는 그를 다시 만나지 못했을 것이다. 그때 이후로 우리는 8년을 연애하고 결혼했다.

8년의 연애 동안, 나는 그 사랑의 주도권을 가지고 있었다. 나는 그 사랑에 주도면밀했고, 그에게 쏟아붓는 대부분의 말은 일종의 권력의 형태를 띤 쓴소리와 바른 소리, 그리고 까딱하면 헤어질 수도 있는 그런 소리들이었다. 그렇지만 이 관계는 전혀 불균형하지 않았다. 이상하게 들릴지 모르겠지만 남편이 나를 더 많이 사랑했기 때문이다. 나의 부족한 사랑을 남편이 다 채우고도 남았기 때문이다. 나는 이 사랑에서 세련되게 권력을 행사했고 남편은 어떤 종류의 심적인 상심들도 받아내며 나의 도도함과 까탈스러움을 감당해냈다.

물론 내가 할 말이 없는 것은 아니다.

남편과 나는 완전히 상반된 성격에 취미, 취향 뭐하나 비슷한 것이 하나도 없었다. 그 흔한 영화를 보는 취향까지도. 남편은 전형적인 이과형의 남자이고 나는 문과형의 여자이며 기계공학과 남자와 국어국문학과 여자의 조합은 누가 봐도 전혀 어울릴 것 같지 않은 느낌적인 느낌을 자아냈다. 내가 적어준 편지와 시를 자신의 책상 앞에 붙여 놓았지만 남편이 내 글을 이해할 거라고 생각한 적은 없다. 그저 그는 나를 사랑했을 뿐. 남편은 세 줄 이상은 안 읽는 사람이었으므로(지금은 달라졌지만!) 내 편지를 읽어주는 것만으로도 충만한 사랑을 보여주는 것이었다. 나는 집과 도서관을 오고 가며 아르바이트와 공부, 책을 이고 사는 삶을 살았고 남편은 나와 늘 반대의 지점에 서 있었다. 언젠가 나는 그와 나의 다른 점을 이렇게 쓰고 있었다.

　그는 가볍고 나는 무거웠다.

　그는 치명적으로 가볍고 나는 미련스럽게 무겁다. 그는 무거운 것을 참지 못하고 나는 가벼운 것을 이겨 내지 못했다. 그는 금세 다른 일에 몰두하고 나는 그 일이 계속 사무쳤다. 그는 미안하다는 말을 하다가도 스르르 잠이 드는 사람이고 나는 밤새 뒤척이며 그 말을 되새기며 무거워지는 사람이었다. 그에게는 무거운 일도 가볍고 때론 깃털 같다. 그는 태생부터 심플하고 직선적이며 나는 구부정하고 경계가 많으며 늘 어느 한쪽이 불편한 사람이었고 나는 무거워서 매번 나를 해치는 사람 아니 누군가도 해치는 사람, 그는 가벼워서 매번 나를 해치는 사람 그렇지만 자신을 지키는 사람이었다. 결국 그는 쉬이 잠드는 사람 코까지 고는 사람이었고 나는 깨어서 끝까지 이 감정을 붙들고 있는 사람, 부득부득 이 갈며 그의 뒤통수를 노려보고 있는 사람이었다.

그와 나는 이렇게 달랐다.

단순히 취향과 성격 차이라기보다는 살았던 방식도, 인식의 차이도, 삶을 이루었던 재료들도 많이 차이가 났다. 다름을 문제 삼아 나는 그에게 적정량 이상으로 많이 쏟아붙였다. 달라도 그는 나를 사랑했고 나는 그를 끝없이 의심했다. 끝까지 나를 지켜줄 수 있는 사람인가 하고 말이다. 결국 그는 나를 떠나지 않았다. 다른 이들과 달리. 헤어지지 않고 사는 것을 꿈꿨던 나에게, 그는 한 번도 나를 떠나지 않음으로 이 사랑을 증명했다.

사랑은 언제나 불균형하고 불공평하다고 생각한다. 그것이 내가 생각하는 사랑의 속성이다. 서로가 서로에게 같은 수준의 양과 질의 사랑을 동시에 줄 수는 없다. 이제야 우리는 조금 비슷한 사랑을 하고 있다. 나는 연애 때의 그보다 결혼 후의 그가 더 좋다. 남편은 내 생각보다 더 가정적이고 헌신적이며 변함이 없다. 연애 때는 남편의 그런 기질을 왜 알아 채지 못했을까. 남편이 좋아했던 것들을 나는 불신 했다. 그것이 결혼 후에도 계속 이어질 거라는 불안 이 나를 힘들게 했기 때문이다. 그렇지만 남편은 결 혼 후 본인이 생각하는 남편과 아빠로서의 역할을 충실히 해냈고 충만한 사랑을 부어줬다. 이렇게 사 소하고 시시한 웃음으로도 가슴이 일렁거릴 수 있다 니. 모든 것이 수상하게 반짝거렸다.

하지만 아직도 들킬 마음이 남아 있다면 가령 이 런 것들이다. 나는 결혼 후 남편을 더 사랑한다. 그 가 나를 사랑했던 것보다 더. 그렇게 싫었던, 그의 가 벼움과 해맑음을 사랑한다. 나의 무거움을 머쓱하게 만들어 주는 그것들을. 그로 인해 내 무거움은 일정 량 이상이 희석되었다. 일찍 철들어 강박처럼 늘 바르고 단정하게만 행동했던 나의 어른스러움을 뒤집는, 아무 근거도 없는 그의 철없음을 사랑한다. 단순하고 담백하며 사소한 것에 의미를 부여하지 않는 남편의 '말 그대로의 말'을 사랑한다. 그가 오랫동안 변함없이 내 옆을 지켜주고 단 한 번도 떠나지 않은 것처럼, 그렇게 나도 그를 사랑한다. 그는, 나 자신을 터무니없이 오래 생각했던 나에게, 특정한 것들을 생각하지 않는 생각, 무지한 상태의 그저 천진한 것들, 수상쩍지 않은 일상의 평범한 감정들을 수북이 알게 해 주었다. 내가 받았던 그 사랑의 정체는 이런 것들이었다.

언니에게

　십 년도 넘는 훨씬 전에도 몇 마디 건네 본 적 없는 선배 언니에게 나는 반말 비슷하게 섞어 말을 건넸다. 어른이 되었는데도 혼자 걷는 일이 많고 혼자 알지도 못하는 음식을 먹고 아직도 그런 자신에게 집중하는 선배 언니에게 거짓말처럼 말을 건네고 있는 것이다. 이상하게 마음이 일렁이는 것이다.

　나는 일방적으로 밀어 넣은 일상의 내 모습에 갈증을 느끼고 은밀한 것들에 대한 지나친 동경에 빠져있었

고, 선배가 겪고 있는 외로움은 거의 실체에 가까울 만
큼 정말 혼자라는 것, 마침표조차 황량했다. 그래서 닮
았다고 우겨보는 것이다.

　세상의 모든 늦은 저녁과 불화하는 나는 내 얘기를
들어 줄 누군가가 없다는 것에 예민한 짐승처럼 굴었
구나.

　선배 언니와 그렇게 연락이 닿았다.
　십여 년 만에.

　내가 이 언니와 친했던가 생각했는데, 아니었다.
내가 이 언니와 많은 말을 나눴나, 것도 아니었다. 그
저 같은 과 여자 선배였고, 친하지 않았고, 같은 계열
의 동아리에 있었던 기억밖에 달리 언니를 기억해낼

방법은 없었다. 언니는 언니대로, 나는 나대로 그렇
게 대학 시절을 보냈었고 많은 시간을 한 줄의 소식
도 모른 채 살았다. 사실 알아야 할 이유도 없었고 궁
금하지도 않았다.

그랬던 내가 언니가 쓴 글들을 읽으며 문득 언니
가 궁금해졌다. 나와 결이 닮은 사람을 만나기 어려
운데 그때 느낀 언니는 나와 조금 닮은 구석이 있었
다.

귀는 깊어 슬픈 기관일 거라는 어느 시인의 말에 순
간 언니가 떠올랐다. 춥네요, 라고 말했는데 언니는
대답이 없다. 언젠가 언니와 나는 같은 듯 다른 이명
을 앓고 있었다. 바람 소리, 쇳소리, 비행기 소리가 귓
속을 뱅뱅 도는. 우리는 최초의 그리고 최후의 기억만

을 가지고 있으면서도 아무렴 어때, 하듯 그동안 몇십
년 치를 중얼거린 듯. 기억의 확장도 기억의 재생도
아니면서 과민하기 짝이 없는 현재를 아무런 경계도
없이 오르내리며. 언니와 마주하고 싶은 것도 말하고
싶은 것도 아니다. 그러면서도 문득 언니가 떠오르는
건 적어도 비슷한 죗값을 치르며 사는 듯한 느낌이랄
까. 난청처럼 말의 길을 잃은 내가 내내 오래 들추어
보는 무엇을 언니도 보고 있는 듯한 느낌.

아무렴, 잘 지내길.
그곳의 추위는 알 수 없지만.

_권덕행, 『사라지는 윤곽들』 중 「언니에게」

어느 날 언니를 떠올리며 쓴 글이다. 이명을 앓고

있던 즈음 이었다. 언니와 내가 애끓는 사이가 아니라 참으로 다행이었다.

그 뒤로 나는 책 선물을, 언니는 이니셜이 담긴 만년필을 중국과 한국으로 서로 보냈고 댓글들을 남겼고 메시지를 주고받으며 때론 자주, 때론 무심히 몇 계절을 뛰어넘어 안부를 묻곤 했다. 선배 언니는 중국에서, 나는 한국에서 종잇장처럼 늙고 있는 중이다. 우리는 까고, 까이며 그렇게 서로를 대했다. 농담으로 시작해 농담으로 끝내기도 하고, 아주 가끔 간곡해지다가도 화법 너머의 하지 않는 말까지 짐작하는 그런 어른스러움까지.

언니.

펜을 고쳐 잡을 때마다 떠오를 거 같아요.

무엇보다도 가장 평범한 나날을 보내고 있는 나에게, 다시 의미있는 무엇으로 환원하고 싶은 순간을 선물해줘서.

필요한 거 말고, 나에게 사치를 도와주고 싶다는 말은 사실 힘내라는 말보다 더 용기가 돼요.

공기 같은 사람보다 조금 더 근사한 사람이 되고 싶은 마음을 갖게 해 줘서 고마워요.

이렇게 마음을 전했더랬다. 키친 테이블 노블 같았던 애잔한 나에게 D. H 로렌스를 염두에 두고 쓴 이니셜은 내 마음에 꼭 드는 그런 것이었다.

지금 만나면 우리가 서로를 알아볼까, 하고 언니에게 말했다. 우리는 죽을 때까지 서로를 모를 거라

고, 언니가 말했다. 그래서 좋았다. 꼭 만나지 않아
도 그저 알 것 같은 그런 것 말이다.

　언니가 한국에 들어와도 우리는 서로 연락하지 않
는다. 메시지는 주고받지만 늘 딴청을 부린다. 우리
서로 눈도 마주치지 말자고 했다. 그런 관계도 있다.
쓸데없이 기질이 고와서 늘 사라지는 편을 택한다는
언니가 생각나는 밤이다. 추운 밤이면 언니가 떠오
른다. 그렇지만 나는 언니를 만나지 않을 것이다. 그
런 관계도 있다. 여기까지인 걸로, 우리는. 서로 많이
모른 채로 혹은 알지만 모른 척하기로, 만나면 스쳐
지나가는 걸로, 우리는 우리의 관계를 그렇게 정리했
다. 추억이 없어서 오해도 없고, 쌓아온 기억이 없어
서 현재만을 주고받을 수 있는 이런 관계 말이다. 철
지난 위로를 주고받지 않아서 참말 다행인 관계로.

우리는 꽤 쓸모없는 과거주의자임에 틀림없다. 시달리다 한숨 돌리다, 뭐 그런. 언니는 늘, 처음부터 엄마의 엄마로 살았으면 좋겠다고 말했다. 나는 그저 모든 관계의 바깥에 있고 싶었다고 했고. 우리의 유년에도 서로가 서로를 따뜻하게 바라보는 그런 뭉글한 풍경이 있었다면 이렇게 사는 일이 먹먹하진 않았을 거라며, 내가 말했다. 그게 우리가 유일하게 어긋나지 않는 거라고, 언니는 농을 쳤다.

뜨겁게 모호하고 조금 웃는, 내내 이상한 우리.

슬픔이 우리를 흔들어 깨워도, 오늘도 무사하기를.

두리번거리는 일로 쓸쓸해지지 않기를.

홍옥

과일 가게에 갔더니 홍옥이 나왔다. 붉고 탐스러운 그것을 오천 원어치 사 들고 들어왔다. 홍옥이 나올 때쯤이면 홍옥이라는 여자도 같이 떠오른다.

한 번도 얼굴을 본 적도, 말을 해 본 적도 없는데 내가 잠깐 다니던 직장에서 사진 속 그 여자는 소문에 휩싸인 채 그렇게 내 기억 속에 남아 있다. 궁금하지 않았는데 알게 되는 것들은 생각보다 많다. 그리고 알게 되고 난 뒤에 비로소 그 여자에 대해 생각하게 되었다. 그녀는 달걀형의 얼굴에, 시원시원하게 서구적으로 생긴 이목구비로 누가 봐도 예쁘게 생겼다. 예쁜 것 말고도 내가 모르는 매력이 홍옥에게 있었겠지. 한 가정의 남편이 자신의 아내를 버리고라도 가지고 싶었던 여자였으니까.

'권태(倦怠)'라는 말은 시들해져서 생기는 게으름이나 싫증을 말한다. 쥐어뜯긴 머리카락처럼 가여웠던 아내는 자기 부부가 권태기라고 말했다. 그 틈에 홍옥이 들어온 것이라고. 그때 나는 4년 차 연애를 하고 있을 즈음이었다. 권태로우면 헤어질 수 있는 걸까 생각했다. 권태를 견디기 위해 혹은 벗어나기 위해 나는 내 연애의 어디쯤에서 권태를 밀어내고 있었는지 곰곰이 생각해 보았다.

쇼펜하우어는 "인간은 욕망과 권태 사이를 시계추

처럼 오가는 존재"라고 말했다. '따분하다, 심심하다, 단조롭다'라는 말도 있지만 그때의 나에겐 둘 사이의 관계를 규정하는 말로 '권태'라는 말은 꽤 근엄하고도 충격적인 말이었다.

사진 속 홍옥은 어떤 여자였을까. 많은 이들의 입에 오르내리던 홍옥은 정말로 나쁜 여자였을까. 홍옥을 떠올릴 때면 오래전 봤던 〈가족의 탄생〉이라는 영화에서 배우 공효진이 했던 대사가 떠오른다. "참 대단들 하시다. 그깟 사랑이 뭐라고 이렇게들 나쁘게 살아요?"라고 했던 말. 아무렇게나 떠들고 다니는 이야기 속에 홍옥은 갈기갈기 찢기고 있었다. '그깟 사랑'에 젊고 싱싱했던 자신을 바쳤던 홍옥에게 사랑은 무엇이었을까. 이렇게까지 나쁘게 살아도 좋을 만큼, 아닌 줄 알면서도 끝으로 치달았던 그런 것이었을까.

홍옥의 사랑은 평생 자극적인 것만을 갖고 싶어 하는 흐트러진 욕망쯤으로 말해질 것이다. 그녀의 사랑이 어떠했든 간에, 그녀의 통점이 무엇이었든지 간에. 그녀의 처음을 주고 갖게 된 사랑으로 인해, 평생 누군가가 다시 밀고 들어오지 않을까 하는 섬망을 느끼며 살지 않았을까. 불안한 마음에 갔던 길도 되돌아오는 날들이지 않았을까. 평생 자신의 사랑을 벌하지는 않았을까.

무언가를 욕망하거나 반대로 시르죽은 관계를 유지하며 살아가는 것, 그것은 때론 꽃도 사랑도 그리움도 아니지만 그래도 처음 가졌던 그 마음을 우리는 추억이라고 부른다. 그러나 어떤 추억조차 휘발되어 시계추를 벗어나는 순간, 욕망도 권태도 추억도 다른 이름으로 불리겠지. 자극적이고 추한 어떤 것으로.

홍옥을 먹다가, 참 멀리도 왔다.

나의 재재

하얗고 아주 조그맣고 눈이 동글동글 솜사탕처럼 살이 뭉글뭉글한 재재는 누가 봐도 눈에 띄게 귀여운, 이제 태어난 지 4개월이 된 아가다.

그렇다.

어쩌다 나는 개를 키우게 되었다.

내가 개를 키운다고 하면 다들 "네가?", "어쩌다가" 혹은 "아이코!"와 같은 반응들을 보인다. 당연하다.

나를 잘 아는 이들이라면, 그러한 반응이 지나친 반응이 아니라는 것을 충분히 알 것이다.

어렸을 때부터 나는 개에 대한 공포가 있었다. 개를 만나게 되면 내가 그동안 갈고 닦았던 평정심과 일상의 질서가 모조리 깨지는 경험을 하게 된다. 지금은 많이 좋아졌지만 나는 언제나 무엇보다, 안전에 대한 욕구가 강했다. 매슬로의 욕구의 하위 개념, 그저 생리적 욕구가 채워지고 난 뒤에 오는 안전의 욕구가 나에게는 너무나도 중요하고 그로 인해 나는 꽤 익숙한 평화를 누리게 되므로, 그것은 나에게 삶의 질을 높여주는 가장 상위 개념의 욕구라고 말할 수 있다.

개 혐오증이 있거나 그런 건 아니었는데, 나는 무언가가 불쑥 다가오는 게 낯설고 두려웠다. 그것은

사람이든 동물이든 마찬가지였고 나에게 있어서 안
전의 욕구를 자극하는 것이었다. 한 번도 보호받아
보지 못한 자의 속내를 이런 식으로 들키고 싶지 않
을 뿐이었다. 서로 등 돌린 무심한 애인 같은 고양이
와 달리 개는 체온을 나눠 가진 애인처럼 지분거린
다고 해야 하나. 쉽게 껴안을 수 있는 것들은 언제
나 어려웠다.

그래서 그랬을까. 멀리서라도 개가 보이면 혹은
다가오면 손발이 덜덜 떨리고 식은땀이 나고 표정이
굳어지고 온몸이 긴장되어 뻣뻣해진다. 학교 가는
길에 개가 있으면 어김없이 돌아갔고 돌아간 그 자리
에 또 개가 있으면 또 다른 길로 돌아가는 식이었다.
개를 피하려다가 개에게 오히려 쫓겨 다니고 넘어지
고 울고 했던 기억들이 아직도 생생하다.

그랬던 내가 개를 키우게 되었다. 원했던 것도 백 프로 자발적인 결정도 아니었지만 남편과 아이들의 요구를 끝내 이기지 못하고 마음이 약해 이 아이를 데리고 온 것이다.

태어나서 단 한 번도 개를 만져본 적이 없었던 나에게, 개가 우리 집으로 온 이후로 주방 의자 위에 혹은 소파 위에 발을 올리고 쪼그려 앉아 이 생명체를 바라만 보고 있던 나에게, 평생 개를 키우며 살았던 수의사 친구가 이렇게 말해줬다.

"야, 그래 봤자, 개야."

그 말에 나는 나도 모르게 이상한 용기가 나, 태어나 처음으로 개를 만지고 안아 보았다. 나의 처음이 이렇게나 쉬워도 되나 싶을 만큼, 그동안의 공포의 시간들이 무색할 만큼, 나는 이 아이에게 다가갔다.

너로구나,

나에게 새로운 시간이 열렸다.

너의 목덜미를 은밀하게 쓰다듬으며 나도 누군가를 자유롭게 사랑할 수 있어, 하고 생각했다. 누가 나의 온기를 빼앗아 갈까 봐 걱정했던 나 자신을 드디어 내려놓을 수 있었다.

불확실한 상념이 확고한 목소리가 되어 돌아오는 순간, 재재가 나에게 다가오고 있는 중이었다.

재재를 안고 있으면, 마음에 묵직한 것들이 마치 위로처럼 뭉글하게 떠오르는 것 같다. 나 혼자 만들어낸 깊고 오랜 폐허, 고단한 침묵과 건널 수 없는 허기를 재재가 낯설게 품어주고 있었다.

미완의 그녀에게

꽤 오래전이다.

지하철을 탔는데 어떤 여자분의 옆자리에 앉게 되었다. 직업도 취향도 아무것도 모르지만 그녀가 책을 한 권 펴서 느긋하게 읽고 있는 모습 때문에 그녀 옆에 앉길 잘했다고 생각했다. 그녀의 직업은 모르겠지만 이상하게 왠지 젊은 수녀라고 한다면 나는 한 치의 망설임도 없이 고개를 끄덕일 것 같은 느낌이 드는 사람이었다. 고요하고 욕심 없어 보이는 인상과 몸짓이 그랬다.

다른 누군가가 옆에서 책을 읽으면 어떤 장르의 책인지, 내용은 뭔지, 어떤 태도로 읽고 있는지를 늘 눈여겨보는 편이라 오늘도 어김없이 눈빛으로 기웃거렸다. 그러다가 심지어 눈으로 따라 읽기 시작했다. 정확히 기억은 안 나지만 산문집이었던 것 같다. 내가 기웃거리다가 기어이 눈으로 따라 읽고 있다는 것을 눈치챈 그녀는 책을 내 무릎 근처로 살짝 밀어주었다. 게다가 내가 다 읽을 때까지 기다렸다가 책장을 넘기기까지 했다.

어떻게 알았냐고?

내가 책을 읽다가 눈을 떼고 허리를 세우면 책장을 넘기는 식이었다. 어떤 경계도 없는 깊고 낯선 디테일이었다.

어느 정도 시간이 지난 뒤 목적지에 도착해서 나

는 짧은 눈인사를 하고 내렸다. 왠지 그래야만 할 것
같았다.

　우리는 서로 목소리를 나누지 않았다.

　그랬다면 나는 그녀를 더 알고 싶어 했을 것이다.
잘 되었다. 서로의 삶을 만지작거리지 않고도 추억
할 수 있는 누군가로 남아줘서.

　그녀는 지금도 다 다른 날 속에서 어떤 이에게 책
한 모퉁이를 내어주고 있을까. 무릎 근처에서 오래
된 종이 냄새가 난다. 몸에 묻어온 냄새가 오래 나
를 다독인다.

엄마와 미용실

나는 지금도 머리를 자주 하지 않는다. 엄마에게서 머리를 하던 습관 때문이다. 엄마와 아주 멀리 떨어져 있을 때도, 엄마의 테두리를 벗어난 지금도 마찬가지다. 머리가 길어 눈을 찔러도 조금만 있으면 엄마한테 갈 텐데 뭘, 하면서 기다렸던 것이다.

심지어 아이들 머리도 그랬다. 꽃거지 같은 장발로 우리 두 아이들은 내내 그러고 있을 때도 많았다. 아이들 어릴 적, 남편은 엄마에게 미용 가위와 가운을 빌려와 아이들의 머리를 잘라주었다. 스타일을 포기한 '자가 미장'은 갈수록 우스웠지만(그야말로, 레고 머리가 아닌가!) 헤어에 눈을 뜨기 전까진 자가 미장이 계속되었다. 이것 또한 '아빠' 하면 떠올릴 특별한 기억과 감성이 되겠지, 하며 굳이 내가 아이들을 미용실에 데려가지 않는 이유가 되기도 했다. 곧 멋을 내기 시작할 나이가 되면 어차피 손도 못 대게 할 테니 그때까진 머리를 좀 망치는 날에도 애써 웃어주길 바라며.

그렇다. 나는 미용실 집 딸이다. 마치 그 시절에는 생존만 있었던 것처럼 먹고 사는 일에 목을 매던 때였다. 엄마는 아침부터 저녁까지 다리가 퉁퉁 부을 정도로 오래 서서 일했고, 독한 염색약에 눈이 빠질 지경으로 머리를 하며 우리 삼 남매를 키워냈다.

엄마의 미용실엔 아침부터 머리도 하지 않고 커피를 얻어 마시는 아줌마부터 화투, 윷놀이를 하는 아줌마들, 엄마가 내오는 간식을 먹으며 하루 종일 시간을 때우는 아줌마들이 바글거렸지만 이래 봬도 엄마의 미용실은 엄연히 신성한 밥벌이장소였다. 밥벌이란 원래 원하든 원치 않든 일종의 퍼포먼스가 필요하므로, 엄마도 그것을 십분 활용하는 것이다.

라고, 말하지만 사실 꼭 그렇지는 않다. 엄마도 밥벌이로 하는 미용업이지만 사는 일이 외로워서, 외로운 사람들이 하나씩 몰려드는 거라는 걸 잘 알고 있는 것이다. 언젠가 몰래 본 엄마의 가계부에는 콩나물이나 두부 따위의 가격이 적혀 있었는데, 어느 한 모퉁이에 '고독하다'라는 말을 쓴 페이지를 보고 나는 엄마도 고독할 수 있는 사람이라는 걸 처음 알았다. 엄마가 그런 말을 쓸 수 있는 사람이라는 것도(

엄마가 쓴 텍스트에 놀란 것이지, 그 당시 엄마의 고
독함을 이해했던 건 아니다. 그건 나중 일이다). 그
래서 엄마 주위에 사람이 많은 것이 나쁘지 않다. 홀
로 고독함을 이겨내는 일은 밤이면 충분하다. 낮에
는 낮이 주는 분주함과 떠들썩함이 엄마를 혼자 두지
않기를, 나는 늘 먼 지역에서 기도했었다.

　엄마의 집에 가면 파마약, 염색약 냄새뿐 아니라
저녁마다 수건 삶는 냄새가 났다. 미용실을 지나 이
층집으로 올라갈 때마다 그 좁고 어두운 계단에서 나
는 수건 삶는 냄새는 삶이 농축되어 있는 일종의 흔
들림 없는 현실의 냄새였다. 마음이 복잡할 때, 나를
정신 차리게 하는 냄새였다. 나는 오랫동안 다른 지
역에 살면서도 엄마를 떠올릴 때 수건 삶는 냄새를
동시에 떠올렸다. 아무리 늦은 저녁이라도 꼭 수건
을 삶아 놓는 일로 엄마의 하루는 마무리가 된다. 그

것은 매일매일 엄마 삶의 빛나는 루틴이었고 엄마 나름의 내일에 대한 고된 준비였다.

엄마와 미용실은 나에게 하나의 거대한 서사이다. 그것은 인기척 없이 찾아드는 가난이었고, 길고 지루한 구원이었고, 그럼에도 불구하고 우리를 일으켜 세운 근거 없는 낙관이기도 했다.

그래서 가끔 두렵다.

없는 사람처럼 내가 모르는 시간이 찾아올 때, 엄마의 흔적이 미열처럼 남아 있을 때, 나는 어떻게 해야 하는지.

봄비에게

아이가 배 속에 있을 때

나는 이 아이를 '봄비'라 불렀지.

"봄비야, 봄비야" 부르면 후드득 눈물이 쏟아질 것

같기도 했어.

겨울이 지나고 애써 봄이 오듯

애타게 기다리던 우리에게 너는 마치

봄비처럼, 봄비같이, 봄비마냥 사무쳤지.

홀쩍 자란 너를 봄비야, 하고 불러보던 날
너는 배시시 웃었어.

봄비가 뭐야, 하고 다 자란 너는 그럴 텐데.

너를 배 속에 갖고
혹 보기 흉한 아이로 체인지링이라도 될까 봐 한
동안 커피조차 마시지 못했던 내겐,
이건 단순히 감수성과는 무관한 얘기였어.

넌 낯설고 집요하고 예민하고
그래서 더 환하고 보드랍고 뜨거운 봄 같은, 비 같
은 아이였지.

네가 너로 각인된 처음부터 오늘까지 우리에겐
네가 아니면 안 되는 이유들에 대해

너라는 통증과 너라는 환희는 우습게도 완벽하게
하나라는 거.

너무 애틋해서, 너무 마음이 자욱해서
벼랑 같은 말을 쏟아낸 적도 있어.

실은 내가 믿었던 순간들이 모여, 네가 되었어.
여기에 어떤 말을 더 보탤 수 있을까.

그런 사람

책장을 정리하다가 십 년도 훨씬 전에 받은 카드를 책 사이에서 발견했다. 그녀와 나는 인터넷 블로그에서 만나 오래 댓글을 주고받던 사이였는데 꽤나 특별한 마음으로 내가 오래 동경하던 사람이었다. 명민하면서도 날이 선, 그런 사람이었다.

나의 냉소도 꽤 봐줄 만하다고 했던

안온한 도발에 함께 출렁이던

절박한 농간도 제대로 구사했던

환부를 제대로 후벼 팔 줄 아는, 그런 사람이었다.

어느 날 나에게 책을 선물해 주고 싶다고 했다. 온
라인상에서의 친분이 현실로 옮겨오며 서로의 거주
지와 전화번호, 이름을 공유하게 되었다(물론 그러
한 견고한 덫에도 불구하고 우리는 다시 따로 연락
하지 않았지만). 낯설었다. 왠지 현실에서는 없는 관
계처럼 말이다. 익명처럼 만났기 때문에 언제 사라
져도 이상한 사이는 아니었다.

꼼꼼하고 새침하게, 성냥처럼 선을 그을 것 같은
그녀에게서 대충 흘려 쓴 글씨의 카드를 받았을 때
이 사람은 어떤 사람일까, 하고 문득 그녀가 다시 궁
금해졌다. 꾸미지 않아도 되는 왠지 다정한 사이가
된 거 같은 기분도 들었고. 특히 틀린 부분을 펜으로
과감하게 뭉개버린 부분에선 한참을 웃었더랬다. 그

렇게 차오르며 깊어지는 마음이 있었는데.

   이젠 어떤 마음을 쏟아놓으며 사는지 모르지만,

당신과의 추억을 바게트처럼 뜯어 먹고 살아요.

   마음의 맨 뒤, 거기서 우리.

몇 겹의

마음

'스스로 부딪치는 마음'을 아세요?

자격지심 自激之心

자신이 이룬 일의 결과에 대해 스스로 미흡하게 여기는 마음. 격(激)은 '물결이 부딪쳐 흐르다, 부딪치다'라는 뜻 외에 '심하다, 격렬하다, 과격하다'와 같은 뜻을 갖는다. 그러니까 자격지심은 '스스로 부딪치는 마음 즉 자기 자신이 자신을 괴롭힌다'는 뜻이다.

괜찮다고 말했는데 괜찮지 않은 순간이 있다. 그녀와의 통화에서 바빠서 안 되겠다는 은근한 거절을

비춘 말과 그녀가 다른 이유들로 분주한 것이 마음
에 걸렸다. 나는 칭얼대던 그녀의 어깨를 다정하게
털어주던 사람인데, 그녀의 그림자로도 마음의 기울
기를 알던 사람인데…… 섭섭했다.

그런데 돌아보니
실은 그녀 때문이 아니다.
내 마음이 범람한 것이다.

언제나 간절한 쪽이 흔적을 남기는 법이니
이 얼룩을 자격지심이라 말해야겠다.

사라지는 일과 응답 없는 일에 더 이상 들끓지 않
기를, 함부로 마음의 경계를 넘어서지 않기를 나에
게 부탁해본다.

나는 너를 해치지 않아

내가 초등학교 때 살았던 집은 큰 골목을 사이에 두고 또 작은 골목으로 이어진 많은 길들 가운데 가정집들이 빼곡하게 들어앉은 모양새를 하고 있었다.

그 골목골목들은 매일 아침 학교 가는 길에 마주치는 아이들, 저녁 먹기까지 수도 없이 싸우고 뒹굴고 뛰놀았던 아이들의 놀이터였다. 서로의 집에 무엇이 있는지 비밀처럼 주고받는 말들 속에서 어른들의 이야기를 눈치껏 들을 수 있는, 좁고 빠져나갈 곳이 없는 촘촘한 삶을 이루는 곳이었다.

그런 골목에서 엄마는 오래 미용실을 했다. 안채는 가정집이었고 골목을 마주하는 그 길에 미용실을 열어 오고 가는 동네 사람들의 이야기들을 주워 담고 매만지던 곳이었다.

식구가 많지 않았던 터라 안채에 우리 식구만 살기에는 넓었다. 없는 살림에 반찬이라도 몇 가지 더 올릴 수 있을 거라는 생각에 엄마는 대문 옆 부엌이 작게 달린 그 방을 월세로 내놓았다.

곧 그 집에 네 식구가 들어왔다. 아빠, 엄마, 남동생 그리고 나와 같은 학년인 6학년 여자애. 같은 학년이고 여자애라 친해질 법도 한데 나는 그 애가 참 무서웠다. 내성적인 내 성격 때문에 먼저 말을 걸지 않은 것도 사실이었지만 이상하게도 늘 저 멀리서도 노려보고 있었던 것은 그 애였다. 나는 정말이지 아무 짓도 아무 말도 하지 않았는데.

나는 그 애가 왜 그렇게 차갑게 나를 대하고 늘 모른 척인지 도통 알 수가 없었다. 예쁘장하게 생긴 애였는데 그 집 엄마가 머리를 포니테일로 묶어 주는 날이면 나를 바라보는 그 애의 치켜져 올라간 눈이 더 매섭게 보였다. 엄마, 아빠가 일을 나가는 사이에 남동생을 챙기고, 밥도 챙기나 보다. 간혹 마당에 나 있는 공동 화장실을 쓸 때가 있었는데 화장실을 들락날락하며 마주쳐도 그 애는 말 한마디가 없었다. 그 저 나를 노려볼 뿐.

그러던 어느 날, 그 애가 내 이야기를 하고 다닌다는 소문을 들었다. 소문이라는 것이 원래 당사자

의 귀에 들어가야 그 역할을 다하는 것이 아니겠는
가. 우리 집이 가난해서 엄마가 미용실을 한다고, 말
이다. 틀린 말은 아닌데 왠지 좀 억울했다. 그렇다고
가서 따지지도 못했다. 그 애가 노려보면 나도 모르
게 주눅이 들어 고개부터 돌리고 봤으니까.

　그 애는 내가 자신의 소문을 내고 다닐 거라고 확
신했던 모양이다. 두 부부가 아무리 밤늦게까지 일
해도 방 하나에 넉넉지 않은 가정 형편은 그대로이
고, 남동생과 살림은 오롯이 그 애의 몫이었고, 게다
가 세를 들어 사는 처지가 어린 나이에도 몹시 곤란
했던 모양이다. 소문이라도 나면 어쩌나, 아니 내가
소문이라도 내고 다니면 어쩌나 했을 거다. 고작 6
학년 여자애가 말이다. 아니 6학년 여자애였기 때문
이다. 열세 살은 충분히 예민하고, 밑바닥에 있는 자
신의 모습을 철저하게 무장하고 싶은 나이였을 테니

까. 게다가 나는 주인집 딸이었으니까. 그 애를 통해서 나는 내가 주인집 딸임을 처음으로 깨달았다. 그 애에게는 처음부터 나를 노려볼 만한 이유가 충분했던 것이다.

나는 그저 그 오해를 풀고 싶었다. 너와 내가 같은 화장실을 쓰고, 네가 우리 집 대문 옆 작은 문간방에 세 들어 산단 말 따위는 하지 않았다. 부모가 없는 사이에 네가 쌀을 씻어 물이 뚝뚝 떨어지는 손으로 밥을 안치고 동생을 해 먹이고 너를 먹인다는 사실도, 없는 형편에 학원이나 학습지도 못 하고 밤늦도록 책상 앞에 앉아 있었다는 사실도 나는 단 한 번도 말한 적이 없었다. 꽤 공부도 잘했고, 얼굴도 예뻤던 그 애는 얼마나 자신의 처지가 한심하고 내가 미웠을까. 얼마나 경계를 세워 나를 경멸하고 나에게 욕을 퍼부어주고 싶었을까. 나는 그저 그 애에게 주인집 딸이었으니까.

　결국 그 애와 나는 나란히 오해를 나눠 가진 채, 헤어졌다. 문간방에 사는 것이 만만치는 않았을 터, 조금 넓은 곳으로 이사를 간다는 모양이다. 그 애의 물건이 실려 나가는 것을 멀리서 보았다. 그 이후에도 가끔 마주치는 일이 있었는데 우리는 여전히 서로 한마디도 나눌 수 없었다. 알지만 모른 채로 극대화되는 관계도 있나 보다. 나와 그 애처럼.

　얼마 전에 내가 살던 우리 옛집을 스쳐 지나갔다. 골목은 여전했지만 새로 지어 올린 집들이 많았다. 그 앞쪽으로는 아파트가 들어섰고 예전의 그 촘촘한 삶의 분위기는 사라졌다. 그때 문득 그 애가 떠올랐다. 잘 지내고 있을까. 그 애도 가끔 나를 떠올릴까 하고.

고백하자면

별로 좋아하는 작가의 글도 아니고, 별로 감동받은 구절도 없는 밋밋한 글을 읽으며 나는 금세 시르죽은 짐승처럼 집으로 가는 버스 안에서 내내 운 적이 있었다.

뼈세기로 치면 당해낼 재간이 없는 내가 그런 밍밍하고 희멀건 이야기에 눈물이 녹아나 운 게 아니었다. 자신의 과거를 회상하며 흔히 알고 있는 정신분석학 이론들을 지나치게 노멀하게 만들어 버리는,

작가의 다소 억세게 순진한 발언들에 자꾸 웃으면서
도 눈물이 계속 흘렀다. 어제의 내가 있어서 오늘의
내가 있다는 식의 말은 나에겐 다소 좀 매운 말이다.
동의하고 싶지 않지만 동의하게 되는 말이다. 연연
하고 싶지 않지만 연연하게 만드는 말이다. 그래서
그렇게 눈물이 났겠지. 어쨌든 과거는 늘 소란스럽
고 선명한 자국을 남기니까.

그때 나는 무얼 생각했냐 하면 어릴 적, 아직도 이
해할 수 없는 혼란스러웠던 한 장면이 영화처럼 막
떠올랐다. 한 번도 입 밖에 내지 않았던 어떤 일에 대
해서. 아니 딱 한 번 말한 적이 있다. 내 슬픔의 자양
분과 같았던 그 장면들을 말이다. 그것도 평생 처음
으로 믿었던 사람에게 그랬는데, 어느 순간 그 사람
입에서 내가 했던 말이 그대로 날카로운 칼이 되어
나를 공격하고 있었다. 나의 깜깜하고 눅눅했던 내

면이 그로 인해 조금 위로받기를, 내가 원했던 건 딱 그 정도였다. 응고되어 평생 들러붙어 있을 것 같았던 견고한 내 슬픔의 구조물이 그렇게 쉽게 부스러질지 몰랐다.

그 뒤로 나는 내 얘기를 하지 않았냐 하면 그렇지는 않다. 사람을 믿지 않았냐 하면 그것도 그렇지 않다. 여전히 믿는 사람도 있고 믿지 않는 사람도 있고, 사람은 믿는데 그 사람의 입은 믿지 않는 경우도 있고, 그 사람은 믿지 않는데 그 입은 믿는 경우도 있다. 결국 사람이 문제인 건 아니다. 나는 사람 사이의 믿음이라는 문제에서 어쩌면 조금 자유로워졌다.

비밀이라니, 너에게만 이라니, 이런 말들이 진력이 날 때쯤 나는 또 다른 생각들에 골몰했던 것 같다. 어느 정도를 감추어야 할지보다는 어떻게 좀 더 효

과적으로 나를 이해시킬까 하고 말이다. 나를 이해
시키기 위해 굳이 나의 과거에 누군가를 탑승시켜야
하는 것은 아니다. 지금의 나의 모습만으로도 나는
누군가에게 충분히 매력적일 수 있다.

물론 사람들 사이의 불안과 외로움 그리고 혼란,
욕망의 틈은 때론 과거에 대한 한 조각의 고백으로
메꿔진다는 것을 알고 있다. 이제 나는 함부로 감추
지 않는 대신, 적절한 시점에서 나를 노출시키는 방
법을 알고 있을 뿐이다. 당신이 겪어보지 못한 것들
은 결국 나의 병약함과 폐색감으로 치환되고 그것은
자주 나의 약점이 될 테니까 말이다.

내가 반드시 알려야 하고, 당신이 반드시 알아야
될 일은 없다. 모른다고 해서 우리 관계가 황폐해지
진 않는다.

나는 너를, 절대로 용서할 수 없어

나는 사실 '용서'라는 말을 내 입으로 뱉어본 적이 없다. 가령 이런 말.

"나는 너를, 절대로 용서할 수 없어."

드라마나 영화에서 여주인공들이 눈물을 흘리며 악다구니하며 뱉는, 팔딱팔딱 심장이 뛰는 말 '용서' 말이다. 그냥도 아니고 '절대로' 말이다.

　용서라는 말을 뱉을 수 있는 사람은 누구일까 가끔 생각해본다. 아무래도 상처받은 쪽이겠지. 나도 꽤 많은 상처들을 거느리고 있지만 용서라는 말을 거침없이 뱉어본 적이 없다. 착한 사람, 애틋한 사람, 나를 위해 헌신을 갖다 바친 사람들은 나에게 상처를 주지 않았을까. 아이러니하게도 사람들은 그런 그들에게 가장 많이 상처를 받았을지도 모른다. 살뜰하게 보듬어 주던 그들이 결국 어쩔 수 없었다는 마음으로 상처를 줬을 때, 그때가 가장 아팠다. 아팠지만 그래서 말할 수 없었다. 나와 그들은 결국 같은 폐허로 묶여 있었다는 것을 곧 깨달았으니까.

　그러나 그것을 깨달았다고 해서 마음이 쉽게 눅눅해지는 것은 아니다. 사랑한다면서 왜 모른척했을까, 왜 버렸을까…… 끝끝내 대답을 들을 수도, 마음을 나눠볼 수도 없었던 질문들에 대답을 찾느라 용서라는 말을 꺼내지 못했다. 정리되지 않은 마음은 쉽사리 단단해지지 않았고 솟구쳤던 감정은 가까스로 지연됐다. 꽤 오래.

용서할 수 없다고 말하는 사람들의 눈매를 지켜본다. 앙다문 입술도. 어떻게 하면 그런 확신을 가질 수 있는 걸까, 하고 말이다.

나는 차마 용서라는 말을 꺼내지 못해서 결국 나를 벌하기로 했다. 스스로 피해자라고 여겼지만 나는 그 일의 '목격자이고 방관자이고 그러므로 결국 가해자'라고. 오랜 생각 끝에 용서라는 말에 숨겨진 피해의식을 건드리는 걸로 나 자신을 벌하기로 했다. '어차피 너도 눈 감은 일이잖아. 들쑤셔서 좋은 일은 없잖아. 그리고 말할 용기는 있고?'와 같은, 너에게도 문제는 있지 하는 그런 시선의 말들 말이다.

용서를 말할 수 있는 사람들의 맷집이 부러워서 한때 나도 몸을 과장되게 부풀리게도 했지만 소질이 있는 편은 아니었다.

- 미안해. 용서해줘. 정말 그럴 의도로 말한 건 아니야. 상처받았다면 미안해. 그렇게 행동한 건 잘못했어. 이해해줘.
- 괜찮아. 아니 괜찮진 않지만 곧 괜찮아지겠지. 네 행동이 이해될 때까지, 나는 그런 네가 계속 황당할지도 몰라. 지금부터 언제까지일지 모르겠지만 너를 쭉 노려볼지도 몰라. 그러니 너도 좀 견뎌.
라고 말했다면 내 속은 덜 시끄러웠을까. 내 삶은 좀 더 매끈해졌을까.

나에게 용서를 구하지도 않았는데 나 스스로 누군가를 용서하는 것은 또 어떤 모양새일까. 그건 또 어

떤 허기를 위장한 관대함일까. 삶의 어떤 모서리가
닳으면 속수무책으로 당해도 용서할 수 있는 걸까.
절취선을 자르듯 용서와 화해(이해)는 깔끔하게 분
리될 수 있는 걸까.

아님 더 단단해지고 더 견고해져서 뼛속까지 자라
나는 절대 누군가를 용서할 수 없다는 생각. 그런 시
간들, 그런 밤들, 그런 결심들. 너만 아는 그런 것들.
실은 안 될 것을 알면서도 용서하지 않겠다고 말하
는 것은 가위로 난도질하듯 얼마나, 무수히, 물먹은
마음을 오려내는 일이었을까.

오늘 용서에 대한 말을 들었다. 가까운 이에게서.
어떤 물음은 속수무책이 된다. 사라졌다가 또 들리
는 무엇, 떠났다가 다시 밀려 들어오는 무엇.

귀를 만져주는 가만가만한 마음

고등학교 때 알게 된 친구 중에 귀를 자주 만지는 아이가 있었다. 귓볼*을 주로 만졌지만 귓바퀴나 귀 언저리를 쓰다듬기도 했다. 그러다가 내키면 귀지까지 다정하게 파주곤 했다. 나는 누가 내 몸을 만지는 것을 별로 좋아하지 않지만 오래 같이 지내다 보니 가끔 이 아이에게 귓볼을 맡길 때가 있었다. 그 친구는 타인의 귀는 그렇게 살뜰히 만져주면서도 늘 자기 얘기는 별로 하지도, 그렇다고 남의 얘기를 크게 귀담아듣지도 않는 아이였다.

그런데 이상하지.

시간이 흐르면 깨달아지는 게 있다. 귀를 만져주는 그 아이의 마음을 나는 한 번도 제대로 받은 적이 없었구나, 나는 이렇게 하찮고 허기진 마음으로 그 아이를 대했구나 싶었다.

어떤 마음은 그렇게 스윽, 귀를 만져주는 가만가만한 마음이라는 걸 그때는 잘 몰랐다.

좋아하지 않는 사람의 귀를 만지는 사람은 없으니까.

우리 아이는 '선천성 이루공'을 가지고 태어났다. 귓바퀴가 시작되는 부분에 작은 구멍이 열려 있다. 아이에게, 너에겐 특별히 듣는 귀를 하나 더 주셨으니 누군가의 통증을 어루만져 주는 사람이 되기를, 언젠가 그렇게 말했더랬다.

겉에서 볼 때는 그저 작은 구멍이지만 그 안에는 아주 큰 주머니가 있다고 한다. 염증이 자주 생겨서 말썽을 일으키면 수술이 필요하지만 우리 아이 같은 경우는 그냥 수줍게 작은 구멍이 하나 더 있는 정도다. 고름이 차서 볼록하게 솟아오르면 아이를 옆에 누이고 고름을 짜주기도 한다. 어느 날 아이가 말한다.

"나중에 혼자 살 땐 어떻게 하지?"
"글쎄 혼자 짜든가…… 아님 그걸 나쁘게 생각하지 않는 누군가가 옆에 있다면 네 귀를 만져주지 않을까?"

귀를 내어주는 관계란 그런 거니까.

* '귓불'이 표준어이지만 말 습관에 따라 '귓볼'이라고 표기했음.

아무 죄책감이 없는 것은 아니지만

사람은 미안할수록 멀어진다는 어느 작가의 말*을 보면서 문득 나에게도 이런 관계들이 있지, 하고 떠올려 본다. 이라크 시인 나지크 알 말라카는 '고통은, 까마득히 먼 옛날로부터 통찰의 형제였고 시의 길잡이였다'고 표현했다. 이 말에 격렬히 공감하면서 저 '고통'의 자리에 '가족'을 넣어도 똑같은 값이 성립하겠구나, 했다.

가족은 늘 내 삶의 화두이고, 모든 인과관계를 떠

나 미안함을 불러일으키는 존재이다. 고통을 알게
했던 것도 가족이었으며 나에게 이런 글을 끊임없이
긁적이게 했던 것도 본의 아니게 가족의 힘이었다.
'나의 침울한, 소중한 이여'라고 말했던 황인숙 시인
의 말처럼 가족도 침울하며 소중하다. 소중하며 동
시에 침울하다.

시를 열심히 쓰던 동기들은 모두 어머니가 아팠다.
암부터 관절염까지, 최근에 흰머리가 늘었다는 것도
쉽게 병으로 바뀌었다. 한 날 술자리에서
가장 아픈 엄마를 가진 동기가 더 좋은 시를 쓸 수
있다고 우리는 은연중에 동의했다. 우리는 좋은 시를
쓰고 싶었다. 서로가 서로의 불행을 부러워하면서, 읽
고, 찢고, 마셨다. (……)
우리는 서로가 모르는 부분만 걸러 듣고, 더 새로

운 것을 알고 있어야 좋은 시를 쓴다고 생각했다. 덜
아픈 엄마를 더 아프게 생각하면서 우리는 모두 절
실해졌다.

　때문에 더 새롭지 않으면 덜 새로운 시를 쓰고 있
다고 믿었다. 자신이 덜 새로워질까 봐, 말을 아끼는
동기들이 늘어났다.

- 박성준, 『몰아 쓴 일기』에서

　나도 어느 순간 가족을 팔아 글을 쓰고, 나의 마음
과 근황에 대한 글을 여과 없이 쓰고 있다는 생각이
들 때도 있다. 어느 순간은 내 슬픔을 과장할 때도 있
었고, 권태로운 모든 관계로부터 그저 떠나 있고 싶
을 때도 많았다. 그럴 때마다 썼다. 슬픔의 집합체가
나였고, 그런 내가 가족 사이에 아무렇지도 않게 껴
있기도 했고, 가족들은 나노 단위로 아프고, 누추하

고, 가난하기도 했고, 목소리조차 불편하기도 했다. 그럴 때마다 썼다. 아무 죄책감이 없는 것은 아니지만 슬픔을 목도한 것도 '나'이고 그것이 자양분이 되어 이만큼 자랐다고 생각한 것도 '나'이고, 그래서 이렇게 쓰고 있는 나도 '나'이기 때문이다. 그럼에도 불구하고 여전히 죄책감을 느끼고 있는 나도 '나'이다.

살아있다는 것의 증명은 결국 자신이 깨달은 슬픔이라는 오랜 병마와 끊임없이 싸우는 일이고, 그것을 해체하고 해석하는 일이다. 그래야 나를 이해하고, 나를 이해시킨다.

좀 더 모진 경험으로 자신만의 서사를 갖고 싶어 했던 나의 친구는 그래서 내가 부러웠을 것이다. 내가 가진 부재와 얼룩을 말이다. 그때는 알지 못했지만 이제는 이해한다. 우리는 모두 새로워지고 싶기 때문이다. 덜 새로워질까 봐 두려웠던 것이다.

* 이만근, 『계절성 남자』에서

잘못이나 실수의 연장선에 서 있는 기분

최근엔 몸에 무리가 갈 정도로 늦게 잠을 잔다. 꼭 무언가를 해서가 아니라 식구들이 각자의 방으로 들어가고 혼자 거실이나 부엌에 우두커니 앉아 커피를 마시거나 영상을 보거나 책을 읽거나 글을 쓴다. 나는 음악을 잘 켜놓는 편은 아니라 그냥 이 고요함이 마냥 좋다. 아무것도, 아무 소리도 끼어들지 않는 깊고 커다란 어둠 말이다.

늦게 잠을 자는 날엔 다행히 잘 깨지 않고 아침까

지 잘 자는 편이다. 수면의 양과는 상관없이 수면의
질은 괜찮은 것 같아 다행이다. 나는 꿈을 많이 꾸는
편은 아닌데 가끔 아주 큰 잘못을 하는 꿈을 꾸곤 한
다. 정말 돌이킬 수 없는 잘못을 하거나 실수를 하는
꿈. 나는 꿈에서 나를 그렇게 놓나 보다. 일상에서는
실수하지 않으려 무지 애쓰며 살면서 꿈에서는 뜻밖
에도 그렇게나 큰 실수나 잘못을 하다니. 돌이킬 수
없는 그런 기분에 휩싸일 때쯤 꿈에서 깬다.

다행이지만 어쩌면 다행이 아닌 것도 같은 기분,
잘못이나 실수의 연장선에 서 있는 기분.

아찔하다.

먼 풍경

친하다는 말의 의미를 생각해 본다. 나도 주위에 꽤 사람이 많은 편이고 친하게 지내는 무리도 여럿 있었다. 그런데 어느 순간 친하다는 것은 어느 정도의 관계일까에 대해 곰곰이 생각해 보게 되었다. 그 말의 스펙트럼은 어디까지일까.

나는 사실 조금 경계가 있는 사이가 좋다.
나와 당신 사이에 선이 있었으면 좋겠다.

그런데 가끔 선을 아슬아슬하게 넘나드는 사람들이 있다. 함부로 넘겨짚거나 본인과 마음이 같지 않다는 것에 대해 마음이 상해 뜻밖의 표정을 짓는 그런 관계 말고, 달라도 함께할 수 있는 관계가 있다. 나에게 선을 지키는 것은 그런 것이다. 비슷한 사람끼리 잘 지내는 건 크게 의미 부여할 일은 아니니까.

나는 친해도 다 보여주는 성격은 아니다. 숨긴다는 얘기가 아니라 말을 많이 안 하는 편이다. 이런 내 성격 탓에 서운하다고 여기는 이들도 많았다. 그렇기 때문에 의도치 않게 긴장감이 좀 생긴다. 나는 그러한 긴장이 나쁘지 않다. 나를 다 모르기 때문에 끝끝내 서로를 잘 모른 채로 지내는 그런 관계 말이다.

누군가가 다가오기 힘들다고 말할 때 나는 문득 조금 마음이 놓인다. 너무 바싹 다가오는 관계는 어쩐지 부담스럽기 때문이다. 자연스럽게 스며드는 관계가 좋다. 불쑥 다가왔다가 어느새 식어버리는 사람들을 많이 봤기 때문에 닝닝하고 밍밍한 그런 관계들에 익숙해지려고 생각한다. 내내 달리는 관계는 안 하려고 한다.

사실 친하다고 다 알 필요는 없다. 모른다고 그 사람을 모르진 않는다. 안다고 그 사람을 다 아는 것이 아닌 것처럼. 나를 알다가도 모르겠다고 말하는 사람이 어쩌면 나를 꽤 많이 아는 사람일지도 모르겠다.

한 걸음 떨어진 채 먼 풍경이 되는 이들을 바라보는 것도 괜찮다. 날마다 자라는 의심을 걷어낼 수 있으니 말이다.

지는 것에 관하여

한 마디도 지지 않는, 나는 그런 것이 이제 지겹다.

언젠가 만난 지인의 친구가 그랬다.

옆에 있는 내가 민망할 정도의 말도 서슴지 않는.

어릴 땐, 누구나 지지 않고 사는 걸 꿈꾼다.

지지 않으려는 것처럼 처절한 신경질이 또 있을

까.

지금은 지는 것이 별거 아니라는 게 아니라,

이기는 것에 대해 자발적인 체념에 가까울 정도
로 온순해졌다.

아, 지겨워.

이겨서 뭐 하게.

가까이 지냈던 이가 심드렁하게 했던 말.

나를 온전히 소모해서 받는 것들이 그저 마땅찮다
는 것을 이제는 아는 것이다.

긴 생각들

　말을 할 때 '단단익선(短短益善: 짧으면 짧을수록 좋다)'이라는 말에 꽤 동의하는 편이다. 심플하면서도 어딘가 모르게 집중되는 짧고 간결한 말투 말이다. 사실 글을 쓸 때도 장황하게 열거하는 것보다는 짧게 치고 나갈 때가 좋은 순간이 있기도 하다.

　언제부턴가 그런 이야기를 많이 들었다. "이거 요약 좀 해줘"라든가 "이거 긴 건 아니지?", "짧게 써줘"라는 말. 길면 이해하고 싶지 않다는 말이고, 길면 진절머리가 난다는 말이기도 하다.

　짧고 감성적이라고 불리는 글들이 SNS를 타고 유행한다. 짧은 게 나쁘다는 의미가 아니라 짧아야 읽어주겠다는, 짧아야 사랑받을 수 있는 시대가 된 건 아닌가 하는 생각이 든다. 나는 언제부턴가 "긴 글 읽어주셔서 감사합니다"라는 말을 입버릇처럼 쓴다. 트렌드에 민감하지 못해서 미안하다는 뜻이기도 하다.

　오랜 생각과 변하지 않는 기분 같은 것, 한껏 비대해진 자아를 나는 도대체 어느 곳에서 잃어야 할까. 왜 서너 줄에 쉽게 마침표를 찍지 못하는지, 왜 나는 그것처럼 간결하게 전시할 수 없는지.

새겨진다는 것

이니셜이 적혀있는 만년필과 볼펜, 샤프, 립스틱 같은 것들은 선물을 받지 않으면 갖기 어렵다. 그래서 이런 것들은 선물한 이들의 마음이 새겨진 것이라 어쩐지 소중하다.

이니셜이 적혀있는 펜을 잃어버린 사실을 자정이 넘어서야 알았다. 늘 비슷한 자리에 비슷한 모양새로 앉아 긁적이고 있었으니 찾을 수 있지 않을까.

만년필에 이니셜을 새겨 선물로 주면서 "필요한 것 말고 나에게 사치를 도와주고 싶다"는 말을 한 이를 떠올리며 시를 썼다. 그녀의 분위기를 옮겨 적거나 그녀와 내가 나눈 어른스러움까지를 말이다.

이니셜이 적혀 있는 립스틱을 바르면서 최승자 시인이 한 말을 반대로 떠올려 보았다. 언제나 아이처럼 웃을 것, 이라고(이 사랑스런 이니셜을 보고 울 것 같지는 않으니까).

이들 중 나와 아홉 번의 여름을 맞이하거나 서너 번의 겨울을 함께한 것들도 있다. 잃어버린 펜은 키가 크고 자주 외로웠던 어떤 이가 나에게 준 선물이었다. 내 이름을 새겨주면서 음각같이 움푹 펜 마음이 조금 밝아졌을까.

그 외에도 이니셜이 새겨진 목걸이나 옷, 연필이나 수첩 따위를 가져본 적이 있다. 그런 것들을 보고 있으면 허기가 찾아올 때마다 마음이 조금 부풀어 오른다. 새겨진다는 것은 그런 것일 테니까.

오늘은,
오늘에게

일찍 늙은 나의 이름

언니, 오빠, 나 우리 삼 남매의 이름은 A, Q, Z쯤으로 말할 수 있다(나의 이름은 이미 노출되었지만 글의 분위기상 Z라고 말하겠다).

대체로 다른 집 남매나 형제들의 이름을 보면 일종의 가족이라는 끈을 요란하게 보여주듯 연관된 고리들이 있다. 예를 들어 첫째가 B면, 둘째는 B′쯤 되는 그런 것 말이다. 나의 두 아들도 이름의 한자씩은 똑같다. 너희 둘은 이 어미가 차려주는 같은 밥을 먹고 같은 집에서 거주하는 한 형제라는 것을, 너희들은 내 알맹이라는 것을 구태의연하게 보여주는 그런 이름이다. 한 번도 형제가 아닐 거라고 의심할 수 없는 그런 끈끈하고 질기고 빡빡한 가족이라는 무게를 짊어진 이름 같은 것 말이다. 내 친구들의 형제와 남매들도 대체로 그런 유사한 이름들을 가지고 있다. '보현-보민, 지웅-재웅, 승현-광현, 예영-효영, 가윤-가은' 같은. 혹 그렇지 않더라도 너무 동떨어지지 않게 비슷한 분위기라든가, 둘 다 맑은 느낌이 나는 한글이라든가 아님 어떤 식으로든 형제, 자매로구나 싶은 분위기의 이름들을 가지고 있다.

그런데 우리 삼 남매의 이름은 A, B, C도 아니고 A, Q, Z쯤 된다. 억지로 교집합으로 포개어 보려고 해도 이름만으로는 가족의 카테고리 안에 절대 묶일 수 없는 그런 이름을 우리 부모님은 어떻게, 왜 지었을까. 이쯤에서 아, 그럼 A, Q, Z는 각각 고유하고 참 신한 뜻이거니 하지만 별다른 의미도 없어 보인다. 게다가 부모님이 공들여 지은 이름도 아니란다. 철학관에서 지었다고 들었다. 적어도 철학관에서 돈을 들여 지었다면 고유하거나 창대하거나 아무튼 될 성 싶은 뜻이라도 갖추었거니 했지만 것도 아니다. 도대체 이 한자를 왜 썼는지 모르겠고 아무리 해석을 하려고 해도 어색했다. 그래서 나 혼자 나 좋은 방식으로 한자를 끼워 맞추어 뜻을 세우기로 마음먹은 날도 있었다. 억지 해석에 불과해서 가끔 민망하기도 하지만 나로서는 최선의 뜻풀이였다.

A, Q, Z 우리 삼 남매의 이름은 완벽하게 따로 놀았다. 그나마 그중 가장 흔한 이름은 A라는 이름에 당첨된 언니였는데 밑에 아들을 낳으라는 기원을 담은 글자가 들어있다. 그에 부응하듯 둘째는 사내아

이가 태어났으니 오빠의 이름은 맹렬하게 떨치는 그런 이름쯤으로 붙여질 줄 알았는데 평생 놀림감이 되는 Q라는 이름을 간신히 얻게 되었다. 삼 남매의 막내이자 귀여운 막둥이 딸인 나는 평생 듣도 보도 못한 Z라는 이름을 내 인생 최초의 타이틀로 거머쥐게 되었다.

나는 태어나자마자 여든 살은 먹은 할머니의 이름을 갖게 된 것이다. 이름에도 엄연히 연륜이 묻어난다. 내 이름이 딱 그렇다. 처음 듣는 사람은 어느 교회 권사님이 오셨냐고 할 이름이다. 중후한 걸로 끝나면 다행이겠지만 내 평생 내 이름과 동일한 이름을 내가 아는 현실에서 본 적이 없다. 내 지인의 가족, 친척, 친구 혹은 유명인의 이름까지 다 뒤져봐도 나와 동일한 이름을 들어본 적은 없다. 특이한 것이 모두 특별한 것으로 연결되지는 않는다. 다들 처음 듣는 이름이라고 갸웃거렸다. 내 이름을 한 번에 알아듣는 사람은 드물었다. 이름의 마지막 음절의 모음인 'ㅒ'를 익숙한 방식대로 'ㅕ'나 'ㅏ'로 바꾸어 부르거나 초성 'ㅎ'을 격음화 시켜 'ㅋ'으로 표기해 버리거나(어쩌면 그들은 배운 사람이리라!) 아예 발음하기를 포기하고 다시 말해달라는 이도 많이 봤다.

나는 자주 이상하게 호명되었고, 그럴 때마다 사람들은 '세상에 이렇게 가늠할 수 없는 이름도 있구나'와 같은 얼굴로 문득 돌아봤다. 나는 자주 본인이냐는 확인과 다짐을 받았고, 얼굴과 이름을 수도 없이 번갈아 가며 출석부를 본 선생님들은 한결같이 나를 지목했다. 이름의 세 글자 모두 자음과 모음이 초성에서 종성까지 꽉 들어차 있고 한 자 한 자 힘주어 말해야만 존재를 드러내는 마치 날실과 씨실처럼 촘촘하게 짜인 이름 앞에서, 내 이름은 발음하는 이마다 얼마쯤 시차를 두고 말한다. 아이가 첫걸음을 떼듯 말이다. 입 모양은 사뭇 진지하다. 내가 다르게 호명될 때마다 머리를 헹구듯 여러 번 환기되는 모습으로 나는 다른 이에게 기억된다. 내 이름을 수긍하기까지 말이다.

나와는 다른 종(種)인 듯 세상에는 비유같이 예쁜 이름들이 많다. 나는 사는 내내 내 이름이 시리고 뼈근했다. 바락바락 나를 세탁해왔던 시간들 속에서 내 이름을 발랄하게 긍정하기까지 나는 속수무책으로 모호하게 살았다. 우습게도 이제 은밀하게 어른이 된 내 모습과 내 이름은 사뭇 진지하게 어울린다. 여태껏 나는 지금을 기다렸을까. 내 모습과 내 이름이 조화를 이루는 이 시간을 말이다. 내 이름이 수천 번 수만 번 호명될 때마다 나는 자명한 내가 되기 위해 얼마나 오랜 시간 뭉근히 익어갔을까. 좀처럼 나

는 나에게 잊히지 않더라. 내 이름은 감히 삶의 절정
을 살고 있다.

나보다 내 몸을 앞질러 가던 일찍 늙은 나의 이름.

내가 지닌 것 중 가장 불편한 타이틀이었지만 이
제 나로부터 부디 멀리 뻗어나가기를.

오늘 아침 버스

여름이 미세하게 비켜나가는 듯, 바람이 한결 경쾌하다.

하늘도 푸르고 구름도 그렁그렁 매달려 있다.

오늘 아침 버스를 타며 바라본 바깥 풍경이다. '지금은 간신히 아무도 그립지 않을 무렵', 이다. 한때 내가 좋아했던 장석남의 시집 제목을 이렇게 훔쳐본다. 전혀 어색하지 않다.

　예전에 나는 대중교통뿐 아니라 온갖 종류의 차 냄새에, 달리는 속도에 메슥거림을 견디지 못하고 창밖으로 얼굴을 달랑달랑 내밀며 억지로 멀미를 참아내는 사람이었다.

　많은 사람들이 타는 버스, 지하철에서 나는 화장품이나 향수 냄새는 언제나 속을 뒤집어 놓았다. 고여 있거나 찌든 혹은 사람 본연의 냄새들이 헝클어져 있는 협소한 장소에서는 대수롭지 않은 척 앉아 있을 수도 서 있기도 힘든 사람이었다.

　어느 초여름, 나는 방을 구하기 전에 잘 아는 선배의 집에서 두 달 정도 머물고 있었다. 선배의 집에서 학원까지는 지하철보다는 버스를 이용하는 것이 더 빠르고 편리했다. 그래서 어쩔 수 없이 버스를 타기 시작했는데, 그게 참 이상하다. 냄새와 공간에 대

해 지독히도 취약했던 내가 어느 순간 버스에서 몸
이 노곤해져 그저 넋을 놓고 창 너머 바깥을 바라보
고 있었던 것이다.

    팔짱을 끼고 가거나 어깨를 쓰다듬는 애틋한 연인
들, 책에 코를 박고 가는 고시생들, 양복을 차려입고
서류 가방을 손에 들고 바삐 움직이는 반듯한 사회
인들, 엄마 손을 잡고 가는 아이들…… 그들은 저마
다의 '내일이 있는 삶'을 살고 있는 듯 보였다. 나와
는 일상의 감각이 다른 이들, 그들이 누리고 있는 일
상의 덫은 왠지 견고해 보였다. 나도 누군가의 속도
에 기대서라도 이 생(生)을 함께 나누고 싶었다. 나
는 도대체 어디까지 쓸려가 있나. 그때 나는 간신히
상처의 끝에 서 있을 때였다. 더 이상 물러설 수 없는
스물네, 다섯쯤이었나.

그랬다. 모든 것이 불편했다. 나는 어디에도 속한 적이 없는 사람처럼 내가 있을 겨우 몇 평의 공간조차 허락되지 않는 것이 불편했고, 애인 있는 선배의 날카로움을 견뎌내는 일이 하루하루 나를 더 추하게 만들었다. 옷가지들과 책들, 내가 매일 쓰던 물건들이 오던 날 그대로 상자에 처박혀 있는 모습을 보며 속수무책으로 마음이 빈틈없이 젖어왔다.

그때 나를 안아 주었던 은밀한 공간이 버스였다.

멀미로 몸서리를 치던 공간, 우습게도 그곳만이 맨얼굴로 하루 종일 흔들렸던 나를 의자 깊숙이 안아 주었다.

버스 창가 모퉁이에 얼굴을 기대면 초조한 내 얼굴이 비쳤다. 어느새 나는 나에게 몰두하는 일에 진지하게 매달려 있었다. 나는 나를 정면으로 마주 대

했다. 그리고 조금 더 깊숙이 들여다보면 마침내 창
너머 세상이 보인다. 그것은 나와 정면으로 마주 대
할 때만이 보이는 것이다. 용기를 내 창을 열면 밤의
기운이 훅 끼쳤다. 내 것이 아닌 열기, 내 것이 아닌
기분을 마음으로 깊숙이 들이마시며 와르르 무너질
것 같은 마음들을 간신히 잠재울 수 있었다. 그렇게
나는 길 위에서 위로받았다.

오늘 아침 달리는 버스 안에서 그때 생각이 문득
났다. 그 시절의 절실한 분위기는 어떤 추억을 불러
온다 해도 선명해지지 않을 테지만.

그때 내가 꿈꾸었던 미래를 지금 이루었냐고 묻는
다면 그건 잘 모르겠다. 이룬 것도 이루지 못한 것도,
잊은 것도 잊지 못한 것도, 하지 못한 말도 하고 나서
후회한 말도, 여전히 가볍기도 또는 진절머리 나게

진지하기도 하고. 또 시간 앞에 더 이상 서툴지 않고 영악해졌다는 것, 좀 더 많은 사람을 가졌고 게다가 잃어도 좋을 사람도 많이 가졌다는 것, 겉치레를 많이 한다는 것 그것이 좀 통한다는 것 그 정도.

그리고 그저 나는 창 너머의 일을 분주함 없이, 악다구니도 없이, 허기짐 없이 바라볼 수 있다는 것. 지금의 나는 그 시절로부터 수없이 많이 복제되고 확장된 나일 테니까. 나는 그때처럼 불안하지도 불행하지도 않다.

지나온 것들은 희미해지고 모든 것은 퇴색되어지는 힘으로 한 시절을 이룬다. 소란스럽지 않았다면 차마 아름답지도 않았을 것이다.

나의 시간은 느리게 간다

예전에는 '나는 느려, 다른 배우들에 비해'라고 생각했다. 최근에 와서 생각해보면 그게 내 속도였던 것 같다. 그래, 나는 느려, 느리게 가자고 마음먹었다. 이게 내 속도니깐. 그런 내 속도를 인정할 즈음에 '82년생 김지영'이 찾아와줬다.

언젠가 봤던 배우 정유미의 기사는 눈여겨 볼만했다. 자기 자신을 지금의 그 자리에 가져다 놓은 것이 속도가 아님을 깨닫는 것은 이미 속도에 마음이 심하게 다쳐본 자만이 할 수 있는 말인 듯해서 그렇다.

나에게도 속도는 참 중요했다.

결혼 후 가족으로 묶여 단내나도록 깊고 환하게 차오르다가도, 나는 때때로 마음속에 격랑이 이는 것 같이 괴로울 때가 많았다. 한때 '멈추면 비로소 보이는 것들, 느림의 미학, 느림의 행복, 느림의 철학'과 같은 종류의 문구들이 유행처럼 쏟아진 적이 있다. 휘몰아치는 세상에서 이 말은 그저 한 줄의 낭만처럼 취급될 뿐 세상은 결코 느리게 가지 않는다. 느린 사람들을 어리숙하다고 평가하며 '느림=무능력'으로 취급되기 쉽다. 능력 없는 자가 느리기까지 하면 답이 없는 것이다.

그렇다 하더라도 배우 정유미의 느림에 대한 자기

성찰은 나에게 많은 울림을 주었다. '나의 시간은 느리게 간다. 이게 내 속도다'라고 말할 수 있는 것, 즉 자신의 속도를 스스로 규정할 수 있다는 것은 남들이 정해 놓은 속도에서 내려올 것을 말하는 것이다. 속도에 대한 결정자가 자기 자신이며, 스스로를 유용성이라는 덫에서 해방시킨 말이다. 속도가 곧 격렬함은 아니다. 속도가 곧 쓸모를 말하는 것은 아니다. 속도가 곧 성공을, 우월감을, 최종 목적지를 이르는 것이 아니다.

속도로 남들이 다른 사람의 삶을 재단하기는 참 쉽다. 각 개인이 가지는 고유한 속도의 차이를 무시한 채 모든 속도를 빠른 자와 빠른 세상에 맞추어 평준화시키는 것은 분명 비상식적인 일이다. 사실 속도의 수혜자는 가열 차게 속도를 낸 자들이 아니다. 그것은 속도를 부추기는 제도권과 미디어, 지배이데

올로기의 편에 서 있을 것이다.

우리가 걷는 이 길 위에 내가 알 수 없는 수많은 인생들이 있다면 그들은 그들의 수만큼의 속도로 걷거나 달리거나 안거나 매달리거나 잡다가 혹 기대어 서 있을 것이다.

속도는 삶을 대하는 태도이다. 빠른 이도 있고, 느린 이도 있고, 이미 속도를 통과한 이들도 있을 것이고 속도 밖에 있는 이들도 있을 것이다. 몸부림의 시간이 속도로 결정된다고 한다면 퍽 슬픈 일이다.

내 육체의 변방을 궁금해하는 건

1년 만에 정기적인 건강검진을 받다가 몸에 이상을 발견했다. 그래서 간단한 수술을 받게 되었다. 확실히 예전보다 수술 기술이 많이 좋아져서 절제 부위도 작아지고, 절제하지 않아도 간단하게 레이저로도 할 수 있으니 말이다.

어쨌든 큰 병은 아니며 발견하지 못하고 내내 두면 문제가 되겠지만, 적절한 시기에 제거한다면 암으로 발전하지 않고 큰 어려움 없이 넘어갈 수 있다는 말에 어쩌면 한숨을 쉬었을지도 모르겠다. 그것은 감사와 염려가 뒤섞인 것이다.

나는 내 몸에 대해서 내가 추호도 알 수 없다는 게 늘 마음에 걸린다. 거울로 몸의 바깥은 어찌어찌해서라도 그나마 볼 수 있는 여지가 있지만 껍질 속의 나는 나노 단위로도 마주칠 수가 없다.

부모를 비롯해 주위에 나이 들어가는 이들의 몸을 생각하면 가끔 슬픈 생각이 든다. 단순히 시큰둥하게 비어가거나 늘어진 윤곽 때문만은 아니다. 삶의 절정을 지나 에너지를 다 흘려보낸 몸이 정착하는 순간들은 앓거나, 정신이 휘발되어 있거나, 죽음이 거의 확실시되거나. 몸은 정신에게, 정신은 몸에게 결코 우호적이지만은 않다.

　나도(우리 모두) 발랄한 육체를 가진 적이 있었다. 십 대 혹은 이십 대만이 가지는, 혹은 아이를 낳지 않은 몸만이 가질 수 있는 그런 흐트러지지 않은 몸의 느낌과 형태, 그 고유한 순간을 알고 있다. 아이를 갖고 낳으면서 몸이 수없이 망가지고 내가 나 스스로 몸을 제어하지 못하는 순간들이 있음을 깨닫는다. 생명을 가져봤던 몸은 쉬이 나이 들고, 잉태했던 기억으로 인해 몸 스스로가 수동적으로 변한다. 게다가 삼십 대 중반을 지나면 아이를 낳지 않은 몸이라 해도 그저 나이 듦의 헐렁해짐을 누구나 느끼게 될 것이다.

　내 몸에 대해 알 길은 없지만, 앓지 않고 산다는 것만으로도 오롯이 자신의 일상을 누리게 된다는 것을 깨닫게 된다. 앓고 나서야 이 모든 일상에 감사함과 경이로움을 동시에 느낀다. 아프게 되면 내 주위에 나 아닌 관객이 생긴다. 내 몸에 대해 걱정을 하는 사람, 내 몸에 대해 우는 사람, 내 몸에 대해 끊임없이 안도하는 사람 등등 말이다.

얼마 전에 꽤 오래 알고 지낸 어떤 분이 돌아가셨다. 차마 생각지도 못한 죽음이라 그것을 떠올리는 것조차 생경했다. 이렇게도 떠날 수 있구나 하는 마음. 아무리 내가 울고 슬퍼해도 죽음은 결국 지극히 사적이다. 죽음은 죽은 사람의 것이었다. 나는 그 죽음 앞에 한 발자국도 갈 수 없었다. 자신을 부정하는 방식으로 어둠으로 돌아눕는 이들에 대해 오래 생각했다.

그래서 되도록이면 이렇게 글을 쓰는 순간순간들을, 평범한 나를 즐겁게 누리고 싶다. 앓지 않고 아무렇지도 않게 그저 일상을 누리는 평범한 날 중 하나

인 이날들을, 이런 나를. 그래서 눈부시지도 특별나

지도 않은 나의 이 하루하루를 애틋하게 보듬어 줄

수 있기를 바란다.

기억이 찾아오면

가끔 드라마나 영화를 볼 때 나도 모르게
내게 이미 과거가 되어버린 이미지들을 떠올릴 때
가 있다.

때론 그게 누군가의 얼굴이었다가
잡았던 손이었다가 또는 돌아서는 발걸음이었다
가
걸려 오지 않는 전화였다가
나만 남겨두고 가는 차 꽁무니였다가

책 사이에 껴놓은 오래된 메모였다가

뜬금없이 들려오는 소식이었다가

잊어버리거나 잊었다고 생각되거나, 잊지 않았거나

한 번 지나가 버린 과거는 혹은 그 이미지는 또 다른 모양새로 퇴색된다.

사실 누군가를 사랑하거나 떠올리는 데 그렇게 많은 기억이 필요한 건 아니다.

오히려 지나치게 고요한 것들, 결코 곁을 주지 않았던 사람,

애매하게 말하는 습관들, 닿을 듯 말 듯 하지만 한 번도 가 닿은 적 없는

그런 찰나의 기억들은 더 날카롭고 극명하다.

그래서 기억은

끝까지 가 닿지 않았던 사람을, 꾹 참았던 것들을 소환해낸다.

그럴 때마다 당신은 모든 시간이고 모든 부재이다.

삶에 대한 사나운 집착

그즈음 나는 이석을 앓고 있었다. 그날은 정말 아무렇지도 않은 평범한 날이었다. 물론 늘 피곤을 달고 살고는 있지만 그뿐이었다. 누구나 피곤할 때는 있는 법이지 하며 내 몸에 대한 각성은 대체로 아둔할 지경이었다. 통증이 내 몸을 관통할 때까지 말이다.

그날은 참말이지 많은 사람들 사이에 둘러싸이고 말았다. 눈앞에 모든 것이 빙글빙글 돌고 머리가 바닥으로 꺼질 것 같은, 설 수도 앉을 수도 눈을 뜰 수도 없는 정도의 어지러움이었다. 회전을 동반한 어지러움, 구토, 윙윙거리는 귀의 소리. 한 번 앓고 나면 눈을 잃어버릴 것 같은 두려움마저 생긴다.

누군가가 119에 전화하는 소리를 들었다. 참말이지 나는 많은 사람들 사이에 둘러싸이고 말았다. 내가 아플 때 내는 소리, 입 모양, 팔다리의 흐느적거림……. 내 통증의 이동 경로를 많은 사람들 앞에서 들키는 것이 몹시 당황스러웠다. 늘 혼자 아팠고 혼자 아프고 말았지, 남들 앞에서 고스란히 아픔을 드러내 본 적이 없었다. 나는 토하면서도 눈치를 봤고 눈을 뜨지도 못하는 어지러움 속에서도 사람들의 표정을 읽을 수 있었다. 신묘한 힘이다.

며칠을 흔들리면서 삶에 대한 애착들이 얼마나 사

납게 커질 수 있는지 알게 되었다. 내게 아픈 것은

가장 현실성이 결여된 행동이라는 것을 뜨겁게 알

았다.

개를 키우고 있습니다만
여전히 개가 무섭습니다

나는 개에 대한 극도의 공포가 있었다. 그래서 개와 정면으로 마주한 기억이 없다. 늘 줄행랑을 쳤으니 말이다. 태어나서 단 한 번도 개를 내 손으로 만져본 적이 없던 내가 재재를 키운 지 이제 3년이 조금 넘었다.

처음 2개월 된 재재를 집으로 데리고 왔을 때 그 조그마한 것이 뭐 그리 무섭다고 식탁 의자 위, 소파 위에 몸을 둥글게 말고 쪼그려 앉아 멀리서 재재를 바라만 보고 있었을까. 그랬던 것이 벌써 3년이 됐다. 털 달린 네발짐승이 우리 집 거실을 어슬렁거린다는 사실이 두려워서 집에 재재와 단둘이 있는 상황을 극복하기가 어려웠다. 직립보행을 하지 않는 어린 생명체가 내가 두려움 속에서 웅크리고 있다는 것을 마치 다 안다는 듯이 주위를 서성대고 있는 모습에 자주 두려움을 들켰다. 잔뜩 웅크린 눈은 어항처럼 가라앉아 있었다.

나는 재재가 무서워서 펜스를 치고 가까이 가지도 않았다. 매일 밤 재재가 나에게 다가오거나 치대는 꿈을 꾸기도 했다. 그렇지만 '어찌어찌' 시간이 흘러 재재와 나는 아무리 어두워도 더듬거리며 안아주는 그런 사이가 되었다. 돌아보면 내가 기적이라고 말했던, 재재를 키우겠다고 마음먹은 이 일은 내 인생에서 다섯 번째 손가락 안에 들 정도로 소스라칠 만큼 기이한 '딴생각'이었다. 그 '어찌어찌'라는 말을 더 듣어보면 처절했던 감각이 고스란히 살아나지만 1년도 채 되지 않아 우리는 어찌 되었든 그렇게 사랑하고야 말았다.

하얗고 아주 조그맣던 재재가 이제는 3.4kg 어엿한 수컷으로 잘 자라 있다. 손만 대도 내 몸에 무너져 내리는, 이제 우리는 서로의 손길에 제법 익숙하다. 재재의 촉촉한 코를 만지고 단단한 이빨도 손으로 더듬어본다. 젤리 같던 발바닥엔 이제 제법 굳은 살이 돋았다. 마음이 지칠 때 하얗고 보드라운 털을 만지다 보면 근심이 사라지는 것 같았다. 재재가 있어 내 삶이 조금 더 명랑해졌다. 천방지축으로 날뛰는 모습은 본능적인 가벼움이고 그 몸짓에는 근심이 없다. 그렇지만 허공을 향해 짖어댈 때는 내가 보지 못하는 어떤 소리들의 방향을 알고 있는 것 같아서 나도 같이 귀를 기울인다. 말없이 울다가 떠난 어떤 이들을 떠올리며 말이다.

개를 키우고 있지만 여전히 나는 개가 무섭다.

이상하게도 재재 빼고 내가 모르는 다른 체온을 가진 개들은 여전히 무섭다. 특히 사람에게 달려드는 개를 보면 몸의 털이 쭈뼛 선다. 예전 같으면 달려드는 개에게 극성스럽다는 표현을 썼을 것이다. 지금은 재재로 인해 한풀 꺾인 마음이다.

얼마 전 동네 뒷산에 재재를 데리고 식구들과 산책을 갔다. 재재는 낯을 많이 가리는 아이라 다른 강아지들에게 별로 관심이 없다. 특히 잘 걷길 않아서 길바닥에 그림처럼 앉아 있기도 한다. 걷는 것보다 길의 분위기를 좋아하는 걸까. 슬링 백에 재재를 안아서 넣고 산 둘레길을 걸었다. 재재와 함께 간식을

먹고 놀면서 천천히 내려오는 중이었다. 식구들이
조금 더 일찍 내려가고 나는 그 뒤에서 살짝 여유를
부리며 내려가고 있었다.

그런데 바로 밑 아래쪽에서 한 무리의 사람들이
걸어오는데 개 두 마리를 풀어놓은 상태로 올라오는
것이다. 두 마리 개들은 천방지축으로 날뛰다가 혼
자 걷고 있는 나에게로 점점 다가오고 있었다. 나는
나도 모르게 그 자리에 못 박혀 서 있었다. 점점 개
가 다가오자 정신이 혼미해지면서 눈을 감고 두 손
으로 얼굴을 가리며 소리를 지르기 시작했다. 어째
서인지 나는 여전히 다른 이들의 개가 무서운 걸까.
내가 개를 키우는 것은 내 평생에 기적 같은 일이었
지만 그 몇 년의 시간은 우리 재재에게만 길들여지는
시간이었나 보다. 여전히 나는 내가 잘 모르는 개, 특
히 쫓아오거나 사납게 짖는 개를 보면 불쑥 겁이 났

다. 그중에서도 목줄을 하지 않는 개를 보면 멀리서부터 공포가 차오르며 몸이 부들부들 떨린다. 그런 나에게 다가오다니.

그런데 주인은 별로 아랑곳하지 않는다. 미안하단 말도 그러한 제스처도 보이질 않는다. 풀어놓은 강아지들을 붙잡아 목줄을 단단히 채우지도 않고 야단도 치지 않을뿐더러 본인의 강아지들에게 손으로 얼른 가라는 신호만 보낸다. 몸이 부들부들 떨려서 말도 제대로 나오질 않았다. 이렇게 극심한 공포를 드러내는 내가 어디가 좀 부족한 사람은 아닌가 싶을 때가 있다.

가끔, 나에게 들킬 두려움이 아직 남아있다는 사실이 한꺼번에 뱉어버린 말처럼 어지럽다.

물론 내 탓은 아니다. 목줄을 하지 않은 견주 탓
이다. 나는 이제 내 탓을 그만하기로 했다. 그나저
나 한번 무서운 것들은 어찌 이리 쉽게 무서워지는
지. 재재는 어떻게 내 인생의 예외가 되었는지 참 알
수 없는 일이다.

어쨌든, 새해

연말이나 연초가 되면 매년 반복하는 의식들이 있다. 가끔은 유난스럽게, 가끔은 몹쓸 기억력 운운하며 행해졌던 수많은 의식들 말이다.

그것들은 대체로 이런 것이다. 다이어리나 책상 달력에 모든 연락처와 일정들과 생일을 새로 기재한다. 지인들에게 마지막 날을 혹은 첫날을 기념하여 연락을 돌린다. 모임이 갑자기 많아지고 구매 목록이 왕창 늘어난다. 1년 동안 읽었던 책을 통계 내고 그동안 봤던 영화를 정리하고 핸드폰으로 찍어놓은 사진들을 인화한다. 또 새로운 계획 따위들을 늘여놓는다든가 관계를 정리하고 전화번호를 삭제한다.

한때 다이어리에 대한 나의 오랜 집착은 나를 알거나 안다고 여긴 이들도 놀랄 정도였지만 그런 갈증과 뜨거움을 내려놓은 지는 사실 꽤 오래됐다. 나는 다이어리를 나만의 방식으로 직접 제작한다거나 속지와 펜의 때깔에 대해서도 오롯이 유난을 떨던 시기에서 아주 많이 물러서 있었다. 아니 어떤 것도 기록하고 싶지 않았는지도 모르겠다.

혹은 유난 대신 편리나 간단, 간략이라는 말들을 끌어 쓰기 시작했는지도. 이제는 핸드폰의 사무적인 캘린더가 편하고 더군다나 알림까지 친절하게 해 주니 더없이 감동적이다. 그리고 삶이 꽤 단순해졌다.

관계는 담백해지고 말이다.

　고로 많은 일들을 하지 않아도 된다. 많은 사람들과 관계하고 골치 아프지 않아도 된다. 많은 말을 주워 삼키느라 진을 빼지 않아도 된다. 집중과 선택의 문제를 조금만 더 구체적으로 깨달았다면 어땠을까 하는 생각도 잠시 했지만, 집어치우기로 했다.

　연말과 연초, 딱히 아무 일도 하지 않기로 했다. 분절된 시간들에 대한 불안과 불편들을, 특별히 애정을 쏟으며 했던 일들을 내려놓았다. 그저 아무렇지 않게 일상을 살면서 시간이 좀 지나가기를 바랐다. 그래서 새해가 아니라 그저 1월을 맞이한 기분을 자연스레 느낄 수 있게 되었다. 연말과 연초라는 거창한 시간의 분절 없이 일상의 날을 맞고 싶었다. 그냥 하루가 옮겨갔을 뿐이라고.

1월에서 며칠이라는 시간이 흘렀다. 성마르게 나를 쪼아대던 성질머리를 내려놓으니 모든 것이 자연스럽고 편하다. 올해를 지나 내년에 안착했다. 한 살 더 나이를 먹으며 몸과 마음에 근력과 텐션이 모두 기대 이상으로 떨어졌는데도 여유를 부리는 일로 오히려 조금 들떠 있었던 모양이다.

어쨌든, 새해다.

아무리 생각해봐도 쏜살같이 갈 수 있는 길은 없다. 하루하루가 모여서 비릿한 은유를 구사하는 내가 되었다. 이게 가장 '최근의 나'이다. 빠른 것보다 그저 꾸준할 수밖에 없었던 것은 일종의 열등감이 작용했음이 분명하다. 나는 도약이나 비약하는 사람들과는 결이 다른 사람이고 대체로 근근이 써 내려가는 사람이다. 오늘이 지나가는 소리를 들으며 물에 잠긴 돌처럼 무심히 앉아 있다. 그런 채로 새해를 맞이했다.

일인용 '선(善)'

예전에는 많은 것들이 꽤 명료했다.

내가(그리고 우리가) '선(善)'이라고 믿는 것들은 말 그대로 명료하고 담백한 '선 그 자체'였다. 어느 누구도 끼어들 수 없는 누구나 재고 따지고 할 것 없는 '선 그 자체의 선' 말이다.

그런데 지금은 무언가 많이 달라졌다. 좋은 세상을 위해 목숨 걸고 싸웠던 이들에 대한 이야기는 고작 추억 같다. 우리도 그렇게 뜨거웠었지, 하고 추억

속에 박제된 말처럼 중얼거린다. 뚜렷한 실상도, 어떤 울림도 없는 시대에 살고 있다.

정치적으로나 사회적으로 선택받은 86세대들은 여전히 다수의 열망을 이룩하려는 올곧음과 선의 카테고리에 자신들을 끼워 넣고 있지만 이미 그들은 소수의 민주화 기득권이 되었고 어느덧 거대 담론의 중심에 서 있다. 한 정치학자가 우스갯소리로 86세대들은 데모를 하고도 취업이 걱정 없던 시절을 살았고, 이 시대 청년들은 '알바' 때문에 촛불을 들 여유조차 없는 세대라고 표현하기도 했다.

그때는 옳았고 지금도 옳았어야 되는 것 혹은 정치적인 올바름(차별, 편견, 소외와 위협의 문제들), 인간의 자유의지, 고용, 주택, 특권의 문제들에 대해 대다수 구성원들의 합리적인 찬성이나 합리적인 반대가 과연 존재할 수 있을까 하는 생각이 든다. 수혜를 받는 이들이 갖는 위계라는 것은 언제나 스스로를 보호하고 부와 특권을 이전받는 삶의 형태를 유지하고 있기 때문에 그들이 유연한 생각과 공정한 선택, 다양한 진실에 대해 굳이 뜨겁게 논의할 이유가 없다. 그들은 그들만의 프레임으로 자신들이 믿는 선을 구축할 뿐이다. 평등의 문제는 평등을 가져보지 못한 이들의 입에서부터 논의될 것이고, 끊임없이 가능성을 찾아 헤매는 이들에게 가능성이란 사실 가능하지 않은 현실에 사소한 희망을 쥐여 주는 말이다. 이미 실현된 가능성을 사는 이들은 여러 선택지를 두고 헤맬 이유가 없다. 정답은 정해져 있으니 말이다.

여러모로 우월한 세력을 형성하고 있는 그들, 주류가 만들어내는 선은 그들을 동경하는 이들에 의해 무의식적으로 전시된다. 동경하는 만큼 주류에 편입

되기 쉽고, 누군가의 발버둥을 편한 자세로 구경할 수 있게 된다. 진작 해치워야 할 것들처럼 질척대고 눅눅하고 우울한 것들의 기분을 이해할 필요가 없는 것이다. 부주의한 선은 주제넘은 악을 이기기에는 너무 힘이 없다.

그러나 이러한 크고 역동적인 움직임이 아니더라도 평범한 개인으로서 갖게 되는 선에 대한 상식의 범주와 수용과 배척의 척도도 사뭇 그 위상이 달라졌다.

어느 순간부터 나에게 필요한 건 어떤 확신의 말을 하는 것이 아니라 말하지 않는 것이다. 침묵하는 순간을 택하다니 어쩐지 나답지 않지만 나는 납득할 수 없는 어떤 순간을 목격할 때마다 머뭇댄다. 그들은 실제로 악하기도 하고 혹은 위선을 떨기도 한다.

이제는 모든 일에 어쩐지 힘주어 말할 자신이 없어진다. 내가 말하는 선이 과연 선이 맞는지 교묘할 뿐이다. 모든 이들의 이익과 관계가 서로 얽혀 있고 수많은 시선과 생각의 실타래가 결코 간단하지 않다.

소유와 탐욕은 우리 가운데 부자연스럽고도 불편한 채로도 혹은 본능적이고 당연하게도 존재한다. 우리는 모두 적절한 수준에서 악(때론 위선)을 범하며 살아가고 있다. 지금 우리가 사는 세상은 악이 번식하기에 꽤 좋은 조건과 환경을 조장하고 있다. 악을 구사하는 일이 특별히 어렵거나 특출하게 튀는 행동이 아닐 수도 있다. 어쩌면 각 개인과 상황에 맞는 '일인용 선'이라고 해도 과언이 아닐 정도로 선과 악은 교묘하게 짜깁기된다. 겉으로 보이는 선의 이면에는 어떤 종류의 악이 존재하기도 한다. 그들은 결코 적대적이지 않다. 타협하며 공존한다.

그래서 내 생각을 말하고 큰 소리를 내는 일이 늘
두렵다. 내가 말하는 것이 정말 선인지. 그것은 최선
인지, 나를 지키고 누군가를 위하는 일인지, 나 자신
한정 선인지, 누군가의 입맛에 맞춘 교묘하고 전략
적인 선인지 이제는 알 수도 없는 시대에 살고 있다.
어떤 악은 선이 되고, 선이라고 말하는 그 동기는 본
인만이 알 것이다. 아, 어쩌면 본인도 모를 수도 있
다. 그러므로 누군가에게 나도 의뭉스러운 사람일지
도. 두리뭉실하게 말하는 내가 어쩐지 못마땅하다.

힘의 균형과 공평에 관한 이야기

이상하게 시간이 남아돌면 더 많이 싸우고 남의 것과 나의 것을 견주어 보는 못된 버릇이 나온다.

늘 힘의 균형의 문제가 생기기 마련이다.

애나 어른이나 마찬가지다.

탈무드에 나온 이야기가 문득 떠올랐다. 형제들이 파이를 더 많이 먹으려고 싸우는 장면이었을 거다. 해결책은 제일 큰형이 자르고 제일 힘없는 막내부터 집어 가게 하는 것이다. 형은 아마 기가 막히게 심혈을 기울여 파이를 자를 수밖에 없을 것이다. 제일 마지막 몫이 자기 것이니까.

왜 매번 끝을 보고 나서야 공평의 문제에 다다르는 것인지 모르겠다.

이스트의 세계

'들은 이야기'에는 많은 경우의 수가 물려있다.

　그것은 화자와 청자, 상황, 어조, 분위기 그리고 무엇보다 각자의 의지가 끼어든 대화임이 분명하다. 그렇기 때문에 '들은 이야기'의 정확도에 대해 나는 확신하지 않는다. 모든 것에는 차마 말할 수 없는 절대적이고 극단적인 이면이 있다는 것을 알기 때문이다.

관계란 원래 이런 것이지.

내가 너를 모르고 너 또한 나를 모르고.

뒤통수와 뒤통수 사이라는 거.

그러니

함부로 부풀어 오르는 것을 조심할 것,

거짓과 과장, 소문을 조심할 것,

빠르게 멀리 퍼지는 것들을 조심할 것.

나만 알고 있는 것들에 대해 말하고 싶어지는 순간들을 조심해야 한다. 입술이 쌓이는 순간, 입 모양이 겹치는 순간들을 말이다. 내가 말하는 순간 그것들은 결국 나로 치환되니까.

보통날의
인기척

나의 트윙클 암막 커튼은
어디로 사라졌을까

　내가 이 집에 처음 왔을 때 가장 좋았던 건 창문이었다. 거실과 세 개의 방에 동일한 모양의 원목 창문은 클래식하고 안락하고 은은한 분위기를 풍겼다.

　창을 바라보는 것만으로도 어수선한 마음이 누그러지는 것 같았다. 때마다 커튼을 치고 걷으면서 시간이 다녀간 흔적과 계절이 머물다간 흔적을 이제 흐뭇하게 바라볼 차례이다. 기쁜 마음으로 주문한 커튼을 기다렸다.

택배를 기다리는 것은 비우는 것보다 채우는 것
에 기울어지는 마음이다. 모자라고 굶주린 표정을
들키는 일이다. 물건의 궤적을 좇는 마음이다. 나의
욕망과 넘치는 마음을 택배 상자는 반듯하게 포장하
여 내민다.

커튼은 두 장을 구매했다.
양손으로 작은 창의 커튼을 젖히는 그런 상상, 아
침은 그렇게 맞아야 한다는 듯이.

그런데 커튼은 한 장밖에 도착하지 않았다. 이상
하다, 분명히 두 장을 주문했는데. 아직 안 왔나 하
고 문 뒤를 살펴보다 소스라치게 놀랐다. 택배 봉지
가 뜯어져 있었고 그 속에 있어야 할 커튼 한 장도 사
라졌다. 이 무슨 일이람. 여기 누가 커튼으로 이불을
삼는 사람이 있을까. 아님 남의 물건을 한 쪽씩만 수

집하는 사람이 있는가.

생각할수록 이상한 일이었다. 남의 택배에 손을
대는 거까지는 뭐 그럴 수도 있다고 생각했는데, 보
통은 뜯어보고 나한테 필요한 물건이 아니면 쓰레기
버리듯 버리고 가는 거 아닐까. 심지어 뜯어보고 커
튼이라는 걸 확인하고 가져가다니, 뭘까 이건. 본인
취향에 딱 맞았던 걸까. 한쪽뿐인 커튼을 굳이 가져
가는 이의 마음은 무엇일까. 취향의 독특함일까. 진
짜로 이불로 쓰려고? 아님…… 생각하고 싶지 않지
만 나를 겁주기 위함일까. 누군가가 지켜보고 있다
는 거?

내 물건이 없어졌기 때문에 그런 건 아니었다.
그 후에 커튼은 다시 사서 한쪽을 새로 달았다. 나
는 그저 그 택배 도난 사건의 의도를 알고 싶었다. 가령 커튼 한쪽으로 가리고 싶었던 이력이 도대체 무엇일까, 하고.

　관리실로 가서 CCTV를 확인했다.

　사람들은 다들 비슷하게 살면서 다르게 사는 척한다. 나부터도 말이다. 내가 커튼을 잃어버렸을 거라고 추정하는 시간들을 유심히 들여다보았다. 관리자께서는 시간을 당겼다 늘렸다 하면서 의심의 눈길로 한 사람 한 사람을 보기 시작했다. 보이지 않는 것을 볼 때까지 혹은 없던 것이 생겨날 때까지 들여다보는 심정일까. 결국 나는 아무것도 알지 못한 채 결별을 이룩하듯, 돌아설 수밖에 없었다. 분분한 낙화는 개뿔. 가야 할 때가 언제인가를 분명히 알고 가는 이의 뒷모습은 얼마나 쭈글스러운가.

　끝끝내 나의 트윙클 암막 커튼의 행방은 알 수 없

었지만, 내 물건의 반쪽을 가져가는 이의 불완전한 욕구에 대해 여전히 생각 중이다. 아직도 돌아오지 않는 것들에 대해 생각하는 밤이다.

렌즈로 관통하는 질 나쁜 동경

안경 없인 어둠 속이구나

극단으로 발휘되는 이 어리둥절함

눈알이 다 시큰하다

안경 없인 사색조차 할 수 없구나

렌즈로 관통하는 질 나쁜 동경

굿바이 안경

이라 말하고 싶은

위에 글은, 언젠가 안경을 내 발로 아작내고 난 뒤에 쓴 메모이다.

어렸을 땐 왜 그렇게 안경이 쓰고 싶었던지. 여러 가지 소소한 시도 끝에 고1 때 안경을 쓰게 되었다. 그렇다. 난 어렸을 때부터 눈이 나빴던 것이 아니다. 성장이 거의 멈춘 시기에 가까스로 안경을 쓰게 되었던 것이다. 안경을 쓰면 뭔가 새로운 것을 보게 되는 줄 알았다. 미모도 한층 더 업그레이드될 줄 알았다. 가령 지적으로 보인다든가 하는 것들 말이다. 하지만 그런 것들 말고 눈은 보란 듯이 급속도로 나빠졌다.

지금 생각해보면 안경에 대해 지나치게 무지했던 나의 신박한 상상력이었다. 불편해도 이렇게 불편할 수가 없는 것이다. 원래도 별로 좋아하지 않았는데

땀이 나는 여름에는 더욱 곤욕스러웠다. 나의 콧대가 이 정도로밖에 나를 지지해주지 않는다는 사실에 많이 실망스러웠다. 게다가 안 그래도 잘 안 보이는데 안경이 없이는 잘 들리지도 않는다. 대학 때 내 별명은 '헬렌 켈러'였다. 안 보이고 안 들리고, 그날따라 말도 버벅거리고. 이 모든 게 안경 때문이었다. 작지 않은 눈이었는데 안경을 쓴 이후로 눈이 크다는 소리를 들어본 적이 없다. 더 큰 문제는 안경을 쓰면 쓸수록 안구가 튀어나오는 것이다. 슬프다. 이런 증상은 조금도 생각해보지 못했다.

심지어 결혼 후 아이를 낳고 난 뒤 아침마다 아이들보다 조금 더 늦게 깨고 싶어 발악하는 내게, 쪼그만 두 아들 녀석들은 어미의 안경부터 찾아 기술자처럼 얼굴에 정확하게 꽂았다. 빨리 일어나지 못할까! 하고. 나의 최초의 아침은 안경을 얼굴에 꽂는 일에

서 비롯된다는 것을 두 아들들은 태어나면서부터 야
무지게 보고 자랐기 때문이다. 그래야 어미가 정신
을 차린다는 것을 영악하게 알아차린 것이다.

많은 이들이 수술을 권했다. 내가 들은 이런저런
말들을 내 식으로 요약하자면, 수술을 하게 되면 여
기 말고 다른 것들을 꿈꾸게 된다고 말이다(아, 이런
세상도 있구나 하고). 맞는 말일지도 모르겠다. 그런
데 현실적으로 타협을 하기에는 수술이 너무 무서웠
다. 우습게도 그게 가장 큰 이유였다. 게다가 이미 난
쓸데없이 안경과 한 몸을 이루었으니 말이다.

손을 턱에 괴고 책을 읽을 때 새끼손가락으로 안
경을 살짝 들어 올리는 일은 내가 좋아하는 행동이
다. 정확하게 눈을 렌즈에 고정시키는 일, 나는 내
가 보는 모든 순간을 내 눈으로 본 것처럼 말해왔다.

렌즈로 관통하는 질 나쁜 동경이었을 텐데 말이다.

폐차의 기억

대형 마트나 백화점에 가면 길을 잃을 때가 많다. 들어가긴 했는데 어디로 나가야 하는지, 어디로 가면 위로 올라갈 수 있는지 혹은 아래로 내려갈 수 있는지 같은 곳을 뺑뺑 돌 때가 많다. 특히 친하지 않은 사람과 단둘이 백화점이나 고속버스터미널 혹은 복합쇼핑센터 것도 아니면 빽빽한 사무실이 들어앉은 빌딩 같은 곳을 갈 때가 있었는데 그건 참 곤란한 일이었다. 내가 길을 잃는다는 것을 상대가 금방 눈치 채기 때문이다. 가끔 그게 부끄러워 혼자 길을 잃지 않는 연습을 해 보기도 했다. 나는 왜 그럴까 생각해 보긴 했는데, 이 모든 것은 물론 내가 길치에다 방향치기 때문이기도 하지만, 언젠가 이것에 대한 답을 어느 글에서 얻은 듯도 했다. 미국 최대 규모의 쇼핑몰을 설계했던 디자이너가 개막식장에서 이렇게 말했다고 한다. "우리는 여러분이 길을 잃게 되기를 바랍니다"라고.

그랬다.

대형 쇼핑센터의 모든 설계와 환경 조성은 고객들로 하여금 많이 돌아다니게 만들어야만 했던 것이다. 아니 나처럼 길을 잃고 정신없이 헤매게 만들어야 했던 것이다. 매장의 진열대뿐만 아니라 안내 표지의 위치, 입구와 출구, 엘리베이터와 에스컬레이터의 위치, 창문과 벽 등 모든 것이 상업적인 전략에 의해 설계되어 있던 것이다. 일단 안으로 들어오는 모든 것들은 한 번 들어오면 쉽사리 빠져나갈 수 없게 만들어져 있었던 것이다.

　그러나!

　내가 길치, 방향치라는 것은 어찌해도 분명하다. 아무리 저들이 내가 길을 잃게 되기를 바라더라도, 나는 스스로 길을 개척해가는 수준으로 늘 다른 곳에 있거나 방금 갔던 길도 돌아오는 길이라면 당연히 다른 길로 여길 정도로 중증이니까. 길을 잘 찾는 사람들의 뇌 구조가 궁금했던 적도 있다. 그들은 무엇을 먹고, 무슨 생각을 하고 살기에 저렇게 길을 잘 찾는 것일까. 내가 그 길을 안다고 한다면 아마 나는 그 길을 내 발로 뚜벅뚜벅 백번은 다녔을 길이었거나 몇십 번을 헤맸을 가능성이 크거나, 내가 나고 자라서 몇십 년을 걸어 다녔던 길이기 때문에 정말이지 모를 수 없는 길일 가능성이 클 텐데 말이다.

나름 이성적이고, 논리적이고, 지혜롭고, 해답을
잘 얻어내고, 꼼꼼한 성격인 내가(나는 나에 대해 얼
마나 객관적일까?) 길에 대해서는 '똥멍청이'이다.
누구도 나에게 그렇게 말하지 않았지만 길에 대해서
는 너 똥멍청이였구나, 라는 눈빛을 많이 받아 보긴
했다. 받아들여야만 했다. 그 눈빛을.

그래서 나는 운전을 좋아하지 않는다.
정말이지 지금 차를 타고 길을 나서면 다시는 내
가 살고 있는 이 동네로 돌아올 수 없을 것 같아 길을
잘 나서지 않는 편이다.

그런 나에게 중고차가 하나 생겼다.
나는 의도치 않게 차주가 되었다. 워낙 운전을 하
지 않는 나이기에 남편은 그 차를 덥석 물어왔다. 어
차피 많이 타지도 않을 거고 그저 연습용으로 마트

나 다녀오라고, 그러면 삶의 질이 조금 더 나아지지 않을까 하는 생각에 그 차는 내 의견과 상관없이 내 차가 되었다.

내 차이긴 하지만 나는 늘 그와 얼마쯤은 내외하고 있었나 보다. 나는 운전을 할 때 긴장해서 껌도 씹지 못하는 상태였고(멀티가 가능했던 나는 도대체 어디로 갔나), 운전을 하다 누군가의 발을 밟을까 봐(?) 늘 조마조마했다. 물론 그런 일은 없었으며 긴장하는 만큼 안전하게 운전했고, 결코 멀리 가지 않았다. 당연히 지그재그로 위협적으로 달릴 일도 없었다. 내비게이션을 잘 읽지 못하니 조금 먼 곳으로 갈 때는 꼭 누군가와 동행했고 그의 지시를 받으며 로봇처럼 운전했다.

무튼 내 차는 길 위에 있던 날보다 골동품처럼 아

파트 주차장에 서 있는 날이 더 많았다. 극악을 떨며 쏟아지는 장마에도, 11월의 치렁거리는 바람에도, 한겨울의 눈사태에도 고고하게 서 있었다.

그런 날이 길다 보니 나는 나의 차에게 이제 그만 헤어지자고 말해야만 할 것 같았다. 함께 있어도 행복해지지 않는 관계가 있다. 나와 나의 차가 그랬다. 나는 너를 소유하고는 있지만 더 이상 너에 대해 다른 욕구가 생기지 않는다고 한다면, 분명히 지금이 이별을 말할 때가 아닌가.

더 이상 너를 옆에 두지 않겠다고, 말했다.
이별의 후유증을 감당할 수 있겠냐고, 남편은 물었다.

나는 괜찮다.

나는 혼자여도 늘 괜찮았다고 말했다.

"나는 그와 나쁘게 헤어지지 않았다."

처음으로 이 말을 이해했다.

나는 그와 완전히 이별했다.

우리 다시는 만나지 말자.

미안. 나는 길치에, 방향치였어.

네가 당한 수모는 다 내 것이었어.

이 사랑에게서 다른 사랑에게로 너는 옮겨가겠지.

안녕. 나의 첫 차야.

납작하게 엎디어 있는

오래전에 선물 받았거나 구입했던 책을 다시 읽거나 뒤적거릴 때가 있다. 책꽂이에 가지런히 꽂혀 있어도 시간의 세례는 어쩔 수 없는 모양이다. 먼지가 뽀얗게 내려앉아 있고 누렇게 바래져 있다. 온갖 되바라진 의미를 다 붙였던 것들인데 이제는 제목조차 가물거리는 것들도 있다. 내가 연필로 그어놓은 가느다란 밑줄 혹은 긁적거림은 단순히 문장의 어느 부분의 감동을 담보하는 행위가 아니었다. 그저 수많은 불면의 밤, 누군가에게 다가가기 위한 처절한 한

숨이 불러일으킨 하등한 몸짓에 불과했는지도 모른다. 그 시절이 묻어있는 비릿한 종이 냄새까지 어떻게 버리고 지워야 할지 몰라서 가지고 있는 것들이 있다. 그런 책들은 어김없이 책 구석구석에 미련의 흔적이 남아 있다. 당신의 미련이든 나의 그것이든.

무튼 단연코 가을의 감수성은 낙엽이었겠지.

책 사이사이 납작하게 엎드어 있는 낙엽들을 보며 내가 붙들고 싶었던 것은 무엇일까 생각해본다. 기억도 시간도 사라져 버렸는데 어떤 순간을 뒤집어쓴 흔적들은 저렇게 고요히 출렁이고 있었다. 눈물이나 땀과 같은 물기, 체온 같은 온기들은 어쩌자고 그렇게 짧은지, 서정의 시간들은 다 어디로 흘려보내고 바스락거릴 일만 남은 것일까. 나의 갈증은 의심과 경계 사이에서 늘 불발되고 그렇게 시간 안에 갇혀 있었다.

지난 주말 등산을 했는데 낙엽들 위로 온갖 젊은 감성들이 흩날리고 있었다. 뒹굴지는 말자, 나보다 젊은이들아!

가을은 독서의 계절이란다.

이 말은 언제 들어도 클래식하지만, 페이퍼 잼같이 꼼짝달싹할 수 없이 바쁘고 아린 틈바구니에서도 더딘 걸음처럼 어찌어찌 책을 읽는 날들이 이어지고 있다. 그러다가 만난 책 사이에서 그때처럼 옛날이 쏟아져 나왔다. 그때 먹었던 초콜릿 껍질조차 버리지 않고 압사당하고 있었으니, 마냥 잊고 살다가도 문득문득 마주치는 이 낭패감. 그때로부터 한 발 짝도 달아나지 못하고 있으니. 나의 집착도 알만하다. 하여 나여, 애끓었던 시간들도 좀 버리자. 이 가을엔.

나는 나와 헤어진 식물의 이름을
다 기억하고 있다

통풍이 잘되는 베란다에서 겉흙이 말랐을 때 물 주기만 잘하면 쑥쑥 자라던 나의 녹보수, 이제 나의 녹보수와 헤어져야 할 때인가 보다. 8년 가까이 같이 살았는데, 이렇게도 이별하는구나. 잎이 노랗게 변하면서 저 스스로 갉아먹기도 하고 또 잎과 가지에 하얀 솜털 같은 솜 깍지벌레가 생겼기 때문이기도 하다. 녹보수를 화장실로 데려가서 전신 샤워를 시키기도 하고 일일이 잎을 여러 차례 다 닦아 내며 애잔한 사랑을 보여줬는데도 불구하고 계속해서 투

병 중이다.

　나는 내 식물의 사생활을 알고 있다. 고백처럼 뱉어내던 푸른 잎이며 단단하게 일어나던 줄기, 뿌리 내린 검은 시간 동안 하얗게 마음이 달뜨던 너였는데. 내 그늘이 너무 습했던 걸까. 거뭇거뭇 타들어만 가는구나. 삶 이전으로 돌아가는 것일까. 돌아보면 나는 식물을 잘 키우는 사람은 아니었다.

　나는 나와 헤어진 식물의 이름을 다 기억하고 있다. 그들은 하나같이 나와 다른 말을 하며 이별했다. 내 그늘이 너무 습해 죽은 아이, 사막 같은 나의 건조함을 못 견딘 아이, 나의 들끓는 마음이 부담스러웠던 아이, 나의 냉대가 힘들어 태어나지도 못한 아이, 우호적이지도 적대적이지도 않고 그저 밍밍한 채로 사랑 없이 사는 아이, 이유도 없이 나와 적대 관계를 이루다 사라져 버린 아이, 헛것처럼 잠시 있다 사라진 아이……. 떠나보내는 일에도 여러 가지 이유가 있다. 이별은 언제나 팽팽하니까.

이 아이들과 헤어질 때마다 슬퍼할 수는 없었다. 나는 너무 많은 이별을 했으므로.

다만 그들을 따로 떠올릴 뿐이다. 카페나 누군가의 집을 방문할 때 내가 헤어졌던 식물들과 조우할 때가 있다. 나는 한눈에 알아볼 수 있었다. 내가 한때 사랑했던, 나와 헤어졌던 이들이 누군가의 눈과 마음을 정화시켜 주고 있었다.

처음 식물이 나에게서 떠나갈 때 얼마간 분했지만, 내 손을 떠난 식물들이 늘어갈수록 나는 다른 이들에게 또 사랑을 느꼈다. 오랜 세월 이 아이들과 만

나고 헤어지면서 내가 조금 소홀해도 혹은 조금 지나쳐도 나를 떠나지 않는 아이들이 있다는 것을 알았다.

지금은 예전보다 집에 식물이 많지 않다.

예전에는 덩치가 큰 식물들을 좋아해서 큰 화분들이 오래된 연인처럼 바랜 그늘을 이루고 있었는데, 그렇게 큰 화분들은 마치 사람처럼 사랑한 후의 뒤처리가 늘 힘들었다. 헤어지는 대가를 톡톡히 치르는 것이었다.

그래서 지금은 작고 아담한 것들을 많이 키운다. 가을이 지나고 겨울이 되면 이 아이들을 어떻게 돌볼 수 있을까 걱정이 되기도 한다. 그들은 자주 돌보지 않은 '나' 같았다.

나의 사랑은 언제나 검고, 형편없이 깊었다.

때론 소모적이었고, 헐거웠고, 지리멸렬했고, 배가 고팠고, 앓았으며, 적대적이었고, 고갈되었고, 맹렬하기도 했고, 서럽기도 했고, 곡진하기도 했다.

나의 식물들에게,

이제 지나쳐가기로 해.

멀리 있을 때 우리는 제법 안전하다.

뿌리와 잎처럼.

어떤 하루

나는 의외로 "차 한 잔 마셔요", "밥 먹어요"라는 말을 잘하지 못한다. 그것은 수줍은 성격이 한몫하기도 하고, 혹시나 거절당할 것에 대한 민망함 때문이기도 하고, 남의 시간에 대한 섣부른 배려이기도 하다. 그렇지만 무엇보다 가장 큰 이유는 나는 내가 제일 편하기 때문이다. 내가 나와 있을 때, 나는 가장 자연스럽고 안정감이 생기기 때문이다.

그렇지만 누군가가 나에게 "차 한 잔 마셔요", "밥

먹어요"라고 말한다면 시간이 없거나 조금 불편해도
또다시 위에 나열한 이유로 거절을 못 한 채, 나는 누
군가를 위해 시간을 만들거나 자연스러움을 가장하
며 약간의 호들갑을 떨기도 한다.

　문득 오는 전화들이 있다.
　그러고는 "뭐해요?"라고 묻는다. 대부분 수업 준
비를 하거나 글을 쓰거나 책을 읽는 본능적이고 단
출한 생활이지만 "뭐해요?"라는 물음에 잠시 멀뚱하
며 머뭇대다가 "그냥…… 있어요" 한다. 비밀을 지어
먹으려고 하는 것이 아니라 그저 나의 삶의 윤곽을
드러내는 것이 크게 익숙하지 않기 때문이다. 나는
꽤 활기차고 삶의 행동반경이 명확한 사람이었는데,
살다 보니 나 혼자만 알고 있는 '혼자'라는 이 하염없
는 시간의 질감이 좋았다. '그냥'이라는 말에 누군가
는 무력함을 느끼고, 누군가는 집요하게 의문을 제

기하고, 또 누군가는 '그냥'을 정말 '그냥'으로 받아들이기도 한다. 아마 '그냥' 있어 본 사람일 것이다. 나처럼 그냥 있기로, 아니 그냥이라고 대답하기로 결정한 사람일 것이다.

나에게 들어올 틈을 주지 않았는데도 최근에 알게 된 그녀는 전화를 해 와서는 "걸을래요?" 했다. 나는 채 나갈 준비도 되어 있지 않으면서도 잠시 머뭇대다 "……네" 하고 말했다. 예나 지금이나 나는 나에게 다가오는 것에 대해 약간의 두려움을 느끼면서도 어느덧 무장 해제된다. 나에게 다가오기 위해서 나의 차가움과 나의 긴장을 아무렇지도 않게 뚫고 들어오는 그들이 고마워서이다. 그러고는 혼자서 계속 자신의 마음을 하르르 내어놓는다. 빗장뼈를 끊임없이 걸어 잠그는 나보다 그들은 늘 다정해서 가만가만 웃음이 났다.

부고 문자가 계속해서 오는 날이었다. 헤어짐이 잦은 계절이다. 가을은 이렇게 누군가를 전제로 울긋불긋 찾아왔다. 그렇지만 이 가을 나는 길을 걸으며 누군가의 이야기를 드문드문 들었다. 말과 말의 포말들 사이로 코스모스가 하늘거렸다. 모든 것들이 유난히 자연스러웠다. 무명의 길고양이조차. 이름이 없다는 것, 어디서 누워 지내도 꼴사납지 않은 안온함이 느껴진다. 누구에게도 미안하지 않은 삶, 무작정의 삶이라도 잠시 부럽다.

쉿,

꽤 오래 알고 지낸 이가 있다.

언제나 많은 말을 쏟아 놓는.

정작 그 사람은 모른다. 얼마나 많은 말을 내 앞에
서 쏟아 놓는지. 나는 그저 하나의 질문만을 던졌을
뿐인데. 적어도 너는 어때, 라고 물어줄 걸 기대했는
데. 내가 잠깐이라도 말을 하려고 하면 번번이 말이
겹치거나 튕겨 나가기 일쑤다. 그 대화에서 나는 그
저 잘 들어주는 사람이 되어 있다.

"내가 그래서 너를 좋아하잖아, 이야기 잘 들어줘서", "너랑 얘기하면 이상하게 다 얘기하게 돼. 네가 편한가 봐"와 같은 결론을 내리며 오늘의 대화에 만족한다. 정작 나는 대화를 마친 뒤 집에서 한두 시간은 쉬어야 한다. 말들을 털어내느라. 그녀는 신기하게도 언제나 말이 목구멍까지 차올라있다. 말의 범람을 어쩌지 못해서.

나는 내성적인 사람에게 관심이 많다. 나도 꽤 내성적인 사람이지만, 정말 신기하리만큼 말이 많지 않고 자기 자신을 드러내는 일에 몰두하지 않는 사람들 말이다. 다 알면서도 말을 숨기고 다른 이들에게 귀를 빌려주는, 오랜 시간이 지나야만 반짝하고 깨달아지는 그런 사람들 말이다.

그것을 단순히 성격의 카테고리로 묶어버릴 수도

있지만 그 사람들만의 독특한 결이 있다. 똑같은 질량으로 말을 내뿜지 않는 그들의 잔잔한 마음이 좋다.

나는 사실 말이 많은 것에 조금 질려있다. 속사포처럼 쏟아내는 말들 속에서 조용하고 침착하게 띄엄띄엄 꾹꾹 눌러서 말하는 그들의 고요함의 질감들이 좋다. 나도 그런 이들을 보면서 괜스레 말의 속도를 늦춰 본다. 나는 다른 사람을 얼마나 지치게 했을까.

걷다 보니 어느새

저녁때마다 혼자 만 보 가까이 걷는다. 살을 조금 빼고 싶은 생각에 걷기 시작했다. 많이 앉아 있는 탓에 살이 차오르는 느낌도 들고 그보다도 스물여섯, 일곱의 나를 복귀하고 싶은 마음이 들어서였는지도 모르겠다. 왜 그때냐고 묻는다면 꼭 집어서 할 말이 있는 건 아니지만 그때가 내 인생에서 가장 몸의 균형이 잘 맞았다는 생각이 든다. 어딜 만져도 크게 나쁘지 않은 몸, 그게 그 나이의 몸이었던 것 같다.

하루에 만 보씩을 걷는 일이 쉬운 일은 아니다. 그렇지만 달리거나 줄넘기를 하는 것은 내 입장에선 더욱 힘들다. 헬스는 어쩐지 지루하고 수영이나 다녀볼까 하여 도수 넣은 수경과 몸에 얌전히 달라붙는 수영복을 사고 이제 시작해야지 할 때 이를 저지하듯 코로나가 왔다. 수영복은 여전히 옷걸이에 처연하게 걸려있다. 걷는 일은 그래서 내게 제일 쉬운 일이다.

1년 가까이 매일 걷기를 하고 식단을 조절하면서 몸무게가 7kg 정도 빠졌다. 내 목표는 급하게 말고 천천히, 지속 가능한 몸무게를 갖는 것, 그리고 그것을 유지하는 것이다. 조금 욕심을 더 내자면 여기서 한 2kg 정도만 더 빼보는 것! 아주 천천히, 그리고 이전에 확장된 나를 깨닫지 못할 만큼 완벽하게 말이다.

조금 더 뼈 가까이로 음각되는 기분을 오랜만에 느낀다. 생각해보면 아직 닿지 않는 것들이 가장 희망적이다.

폭력의 그늘

몇 년 전이었다.

남자의 고성이 끊임없이 들렸다. 제법 정확하고 분명한 목소리였다. 깜짝 놀라 위층에서 나는 소리에 나도 모르게 귀를 기울였다. 몸이 움츠러들고 옆에서 순하게 자고 있는 아이들을 자꾸 쓰다듬고 깨지도 않은 아이를 나도 모르게 껴안고 있었다.

뒤이어 여자의 울음소리, 두 아이들의 공포에 질린 소리가 이어졌다. 누군가의 불행을 듣는 것은 불행을 겪는 만큼의 서늘함으로 다가온다. 그들은 무슨 이유로 이 밤에 저렇게 아픈 소리를 내고 있을까. 한 골목에 어울려 살던 옛날처럼 아래위층에 산다고 하여 남의 가정사에 끼어들어 참견하고 말려주는 일은 다소 망설여진다.

평소 무난하고 순해 보이던 위층 남자가 저런 소리를 지를 줄 아는 사람인 줄은 차마 생각지도 못했다. 천장에서 쿵쿵대는 소리, 깨지고 망가지는 소리, 울먹이며 울부짖는 소리에 말이다.

깊은 밤, 그것도 새벽 2시가 다 되어가는 시간. 그러고도 한참을 남자는 그만하라고, 울지 말라고 하면서 고래고래 소리를 질러댔다. 뭘 그만하라는 건지, 울지 말라고 하면서 끊임없이 겁박하는 소리는 어떻게 이해해야 하는지 모르겠다. 명확하고 날카롭게 들리는 목소리. 아주 평범한 얼굴로 있던 그가 도대체 어떤 이유로 그 새벽에 가족을 옹송그리게 모아 놓고 소리 지르며 물건을 던져 대는 걸까.

아래위층에 살면서 자주 부딪히는 그 여자는 내게 딸아이에게 피아노를 사줘서 좀 시끄러울 거라고 인사성 바르게 말했다. 7살 난 아들은 10층에 사는 걸 뻔히 아는데도 자신이 몇 층에 사는지 입을 꼭 다무는, 그렇게 엄마에게 교육받은 야무진 아이였는데 그 밤엔 아이들도 엄마도 울고만 있었다.

매일매일 몇 번씩 청소기를 돌려대는 그녀는 그 소란이 있던 다음날엔 더욱 부지런히 청소를 하는 모양이었다. 망치 소리도 간간이 들리고. 어지간히 부수고 망가트렸구나, 하는 생각이 들었다. 아이들의 노랫소리와 피아노 소리도 다시 들렸다. 어제를 잊고 일상으로 모두 돌아오는 모양이었다.

　그러고도 그때 나는 한참 잠을 이루지 못했다. 눈을 뜨면 살아야 하고 어쨌든 버텨야 하는 순간들인데 붙어 터진 일상이 지리멸렬하다가도 돌아서면 곧 다행한 일이 되기도 한다. 슬픔에도 제 소명이 있다. 슬픔은 나를 일으켜 세우고 또 다른 슬픔들을 어루만지며 살게 한다. 일상으로 돌아온 윗집은 언제 그랬냐는 듯이 지난밤의 모든 시간을 닦고 두드리고 세워놓고 치우며 부지런을 떨었다. 아이들은 재잘거리며 방으로 거실로 뛰어다니며 투닥투닥 다시 예전의 명랑함으로 돌아와 있었다. 그 뒤에도 자주 그런 일들이 있었지만 일상은 언제나 슬픔을 견고하게 뛰어넘었다.

　가까운 옆 동으로 그녀가 이사하고 난 뒤에는 거

의 잘 마주치지도 않았지만 가끔씩 마주치는 그녀를 나는 어쩐지 유심히 보게 되었다. 애써 얼굴을 피하는 것처럼 보일 때도 있지만 나는 그녀의 머리부터 발끝까지 슬쩍슬쩍 보곤 했다. 혹시나 멍이 들진 않았을까, 어디 다치진 않았을까, 또 울진 않았을까 하고 말이다.

폭력의 형태는 다양하겠지만 몸을 쓰는 폭력은 정말이지 두려운 마음을 가져다준다. 내가 나약한 존재라는 것을 너무 쉽게 체득하게 만든다. 특히 성인 남성이 여성이나 아이에게 휘두르는 폭력들이 말이다. 그들이 가지고 있는 근육과 뼈대의 강인함, 다부진 어깨, 꽉 쥔 주먹과 거친 팔다리, 차마 가늠할 수 없는 고성…… 이런 것들이 폭력의 도구가 될 때는 더더욱 두려움이 앞선다. 그 폭력 앞에 그저 침묵하거나 참아 내거나 수시로 몸을 내어 맡기는 일밖에

할 수 없을 때는 더더욱 비참해진다. 아버지니까, 가족이니까 차마 어떻게 할 수 없어서 기어이 폭력을 연장하고야 마는 그런 것들 말이다.

그리고 그 폭력에 익숙해져 누가 손이라도 들어 올리려고 하면 자신도 모르게 화들짝 놀라 몸을 움츠리게 되거나 상대로부터 몸을 돌려 습관적으로 피하는 반응들은 어쩌면 더 위험해 보인다. 폭력에도 내성이 생기기 때문이다. 슬픈 일이지만 그것 또한 대물림되기도 하고 말이다. 그래서 폭력을 견딘 이들은 또 다른 가해자로 혹은 여전히 피해자가 되어 어떤 식으로든 폭력 아래 존재하기도 한다.

그녀도 마찬가지일 것이다. 폭력을 견뎌낸 시간들이 고스란히 그녀의 몸과 얼굴에 드러나고 누군가를 바라보는 시선에도 어쩔 수 없는 불안함이 묻어난다. 그 일은 깔끔하고 단정한 그녀의 삶에 크나큰 스크래치였을 것이다. 그녀는 이 동네에서도 꽤 자주 이사를 했던 모양이다. 자신과 가족을 향한 여러 가지 소문들 때문인 것 같은데 그것은 떨쳐내기 힘든 올가미처럼 내내 징징대는 아픔으로 남을 것이다. 그리고 폭력의 잔상으로 오래 마음을 졸이며 살아내고 있을 것이다. 여러 차례 폭력을 경험한 어리고 순한 아이들은 아빠의 잠시 잠깐 찡그린 얼굴에도 지레 겁을 먹고 제 방으로 뿔뿔이 흩어질 것이고 그녀는 그런 남편을 모른 척하며 지독히 견뎌내야 했을 것이다. "속이 상한 것은 겉은 멀쩡하기 위한 거지"라고 말했던 오은 시인의 시가 문득 떠오르는 중이다.

안부를 묻다

거의 반년 만에 안부를 물었다.

더위가 한창일 때 그리고 가장 추울 때.

기분을 물어봐 줘서 고맙다고 말했다.

평소에는 왜 다들 기분 따위는 신경을 안 쓰는지.

시작할 수 있는, 시작해도 되는 명확한 기분, 무력

감에 시달렸는데 해도 된다는 확신을 끼얹어준 기분,

자신감은 아니고 자괴감에서 조금 벗어난 기분에 대

해 말해 주었다.

채식을 배운 사람처럼 삶이 단출하다. 어제와 오늘 그리고 내일의 경계가 무엇인지 아무에게도 말해 줄 수가 없다. 이것이 나의 안부다. 그래서 안부라는 말은 늘 이렇게 소원한 말이 되는 것이다.

좋은 일도 나쁜 일도 드문드문 보았겠지.

변주하지 않는 일상을 살면서 아픈 날처럼 다정하기란 쉽지 않은 법이다.

바람이 불고 밤은 깊고 보일러는 돌아간다.

내가 가진 모든 것의 온도를 맹렬히 높여도 밖은 여전히 춥다.

자기만의 책상

어느 날 우리는 각자의 책상에 뭐가 놓여 있는지 이야기하기 시작했다.

누구나 자기만의 책상이 있다.

이건 단지 물리적인 책상이 아니라 자기 앞에 놓인 삶과 삶 비슷한 것이다. 나는 나의 삶의 책상 위에 무엇을 올려놓을 것인가 하는.

나의 오랜 질문이 적힌 파란 노트, 주크박스 같은

낡고 늙은 노트북, 마주 잡은 손과 같은 마우스, 깎지 않아 뭉툭한 연필, 이니셜이 새겨진 샤프, 오래 불을 켜지 않은 캔들, 한 번도 제 역할을 해본 적 없는 장난감 같은 가습기, 먹다 남은 머그잔 여럿, 너무 많이 채워서 속이 들여다보이는 미니 서랍장, 어느새 나와 치환해도 무관한 싫으면서도 좋은 핸드폰, 나를 다른 시간으로 데려다주는 이어폰, 하얗게 질린 A4 뭉텅이들, 게걸스럽게 읽던 스무 권 남짓의 에세이와 소설과 시집들, 내피에 곱게 쌓인 과자 또 그 부스러기들, 가끔씩 내 무릎 언저리를 핥고 가는 나의 개 그리고 이제 잠을 자볼까 하는 새벽 1시.

　이것들은 모조리 나와 같은 것들이지 않을까.

내게서 시작된 마음이
당신에게 닿을 때

내게서 시작된 마음이 당신에게 닿을 때 어떤 말은 누군가의 얼굴이었고, 나를 겨냥한 목소리였고, 헝클어진 기분이었고, 가볍게 팽창하는 순간이었고, 그렇게 흉터처럼 서랍에 쌓여 있었고, 대체로 어디로 갈 것인지 묻지 않았고, 기억과 사실과 오해가 일치하는 순간이었고, 무너져 내리는 것을 매일 퍼 올리는 일이었고, 나를 앞질러 가는 날카로운 행복이었고, 단 한 번이라도 떠난 적 없다는 말이었고,

당신이라는 몇 겹의 마음이었고.

생각해보면 한 번도 내 맨얼굴을 너에게 보여준 적이 없는 것 같아. 그게 가끔 미안해. 내 빈 곳을 네가 이해할 수 없을 거라 생각했거든. 그런 마음은 나누는 게 아니라고 생각했어.

삶이 안전한 이들을 만나면 나도 모르게 나의 삐딱함을 숨기게 돼. 같은 부류가 되진 못하더라도 경계하지는 않게 말이야. 나는 언제나 가장 힘든 이야기 말고 다섯 손가락 안에도 들지 못하는 사소한 징징거림에 대해서만 말해왔으니까. 갈수록 농담이 대범해지고 뻔뻔해진다는 게 내가 너에게 줄 수 있는 가장 나다운 마음이었어.

그렇지만 말하지 않는 것들을 묻지 않는 너의 인내심이 가끔 서운하기도 했어. 네가 물으면 어쩌면 말할 수도 있었는데. 무탈한 네가 느끼는 까닭 없는 외로움과 고립감을 나는 오래 눈여겨 봐왔어. 그건 너를 더 단단하고 더 무탈한 사람으로 만들더구나. 나는 그런 식의 성장을 동경해왔어. 악착같이 성장을 거머쥐어야 하는 그런 고통, 그런 슬픔, 그런 경험들 말고.

멀리서 보낸 소식 같은 이런 아련함이 좋아서 가끔 나는 나 혼자 너를 불러보고 너를 생각해.

나는 보통으로 살고 있어. 나이가 든다는 건 각자 알아서 회복하는 일일 거야. 그것이 무엇이든지 간에 말이야. 모르고 싶었던 일들을 진짜로 모른 채 끝내기도 하고 어떤 일의 이유를 찾는 날도 줄어들지.

아무렴 어때, 괜찮아.
그러면서 나도 모르게 조금씩 긍정이 쌓이기도 해.
그렇게 보통으로 살아가고 있어. 나는 언제나 할 말이 많고 선명했던 네가 참 고마웠어.

익명 같은 나를 먼저 알은 채 해 줘서.

몇 겹의 마음

2023년 6월 5일 초판 1쇄 인쇄
2023년 6월 15일 초판 1쇄 발행

지은이	|	권덕행

책임편집	|	송세아
편집	|	안소라
디자인	|	theambitious factory
제작	|	김소은
관리	|	김한다 한주연
인쇄	|	금비pnp

펴낸이	|	이장우
펴낸곳	|	꿈공장 플러스
출판등록	|	제 406-2017-000160호
주소	|	서울시 성북구 보국문로 16가길 43-20 꿈공장 1층
전화	|	02-6012-2734
팩스	|	031-624-4527
이메일	|	ceo@dreambooks.kr
홈페이지	|	www.dreambooks.kr
인스타그램	|	@dreambooks.ceo

© 권덕행 2023

ISBN \| 979-11-92134-45-1

정 가 \| 14,500원